Teklė Kavtaradzė

NESPALVOTA

ROMANAS

Vilnius 2006

UDK 888.2-3
Ka663

Knyga išleista Lietuvos Respublikos kultūros ministerijai parėmus

Viršelyje panaudotos *Juozo Kazlausko* nuotraukos

ISBN 9986-16-496-6

NESPALVOTA

date.
e or

Iš tiesų ten patekti visai paprasta. Išėjusi iš mokyklos pasuku į dešinę, praėjusi šviesoforą – į kairę. Tuomet reikia eiti maždaug dešimt minučių, kol prieinu didelį prekybos centrą SUPER (pavadinimas meluoja, jis visai ne super), tuomet einu jo dešinėje esančia jaukia Ponų gatvele. Taip ir vadinasi. „Ponų g-vė" – užrašyta ant namų.

Ponų gatvele (ji visai mažutė) praeinu kirpyklą, apleistą ir niūrią, paskui – gėlių parduotuvę, kuri, skirtingai nuo kirpyklos, nepaprastai jauki ir miela (kartą ten buvau užsukusi), ir kelis senoviškus gyvenamuosius namus. Tada pagaliau aiškiai galiu matyti baltą pastatą su ryškiai mėlynu, jau seniai apsitrynusiu užrašu SENAMIESČIO TEATRAS. Tokiu metu jis, žinoma, uždarytas. Aš apsuku ratą ir atsiduriu teatro galiniame kieme. Viskas man čia puikiai pažįstama. Nedidelės mėlynos durys pravertos. Ant jų pritvirtintas užrašas: DAŽYTA (jis čia jau nuo praėjusios savaitės). Dabar antra valanda. Aš kaip visada tiksli. Tyliai ir atsargiai (vis dėlto dažytos) iki galo atidarau mėlynąsias duris. Kairėje – budėtojos būdelė, namelis ar dar kaip pavadinti. Dešinėje – skelbimų lenta, spektaklių repertuaras, senoviškas suoliukas, keli paparčiai, karštų gėrimų aparatas. Tiesiai priešais – nedideli, siauri laiptai. Pažiūriu į budėtojos būdelę, ant jos kaip visada tokiu laiku kabo medinė lentelė su užrašu PIETŲ PERTRAUKA. O kiek žemiau laikas: 14–14.45. Beje, budėtoja – maždaug keturiasdešimties metų moterėlė pasipūtusiais (nuo lako), nutriušusiais blondiniškais plaukais, ilgais nagais (tą kartą, kai mačiau, jie buvo ryškiai rožiniai su sidabrinėmis priklijuojamomis žvaigždutėmis – patikėkit, vaizdas nepamirštamas), pūkuotu megztuku, ryškiai rausvomis lūpomis, riestomis blakstienomis ir daugmaž kilogramu pudros ant veido. Mačiau ją tik kartą, rodos, prieš dvejus metus, bet, šiaip ar taip, ji man pasirodė labai įdomi moteris.

Taigi aš kaip visada tyliai ir atsargiai patraukiu laiptų link ir taip pat atsargiai lipu jais, kol pasiekiu trečiąjį aukštą. Pakeliui nieko nesutinku. Kaip visada, juk taip ir turi būti. Trečio aukšto laiptų šone kabo dar vienas užrašas: DIDŽIOJI REPETICIJŲ SALĖ. Jos link ir patraukiu. Tokiu metu salė yra valoma, šveičiama ir blizginama. Tai daro jaunas, aukštas, liesas vyrukas visada riebaluotais ir pleiskanotais plaukais, keistai išsipūtusiu tarpkoju (atsiprašau, bet būsiu atvira). Valytojo kombinezonas ant jo kabo kaip maišas ir kelnės siekia tik kiek žemiau kelių. Taip, atrodo tikrai įspūdingai. Tiesiog mano svajonių vaikinas. Mano laimei, jis apykurtis ir neprimatantis, todėl manęs nepastebi, o aš galiu jį stebėti kiek tik noriu (nepamanykit, kad taip ir darau). Prie salės pakylu laiptukais balkono link. Rudos durys, kaip visada, užrakintos. Išsitraukiu savo pagalbininkę „grafkę" ir – sezamai, atsiverk! Tyliai atidarau ir uždarau duris. Teatro balkonas nedidelis. Iš viso trys kėdžių eilės. Einu į balkono kampą. Numetu kuprinę ir atsisėdu ant žemės. Kaip visada. Čia gera. Nepaprastai gera. Labiausiai man patinka šis kvapas, jį sunku apibūdinti. Taip pat senos kėdės ir rudos sienos. Gera. Pažvelgiu iš balkono į salę. Nedidelė, dabar kiek tamsoka scena, rampos, kulisai ir, svarbiausia, – mano mylimas Pilypukas, šluojantis salę. Jis puikus darbininkas ir, sakau nuoširdžiai, jei tik turėčiau galimybę, pagirčiau jį jo darbdaviams. Pilypukas visada dirba išsijuosęs, linksmindamas save visokiausiom dainelėm. Ir dabar jis kažką garsiai švilpauja. Šios dainos mano repertuare nėra. O gaila. Norėčiau jam pritarti.

Pasidaro nelinksma. Pradedu galvoti. Apie viską. Ir tas man nepatinka. Aš per daug galvoju, per daug prisimenu, per daug liūdžiu ir per daug tyliu. Kartais visiškai savęs nesuprantu, jau nekalbu apie kitus. Vienintelis dalykas, dėl kurio man nepatinka ši vieta, yra tai, jog čia aš mąstau dar daugiau nei įprastai. Bet tokia aplinka man padeda daug ką suprasti. Padeda suprasti, kiek daug aš dar nesuprantu. Deja.

•

Pirmas

Vasario 26-oji. Šlykšti diena. Nekenčiu. Šlykštu. Ir vėl. Ir vėl. Ir vėl. Reikia daryti bet ką, kad apie tai negalvočiau. Tik dėl to neisiu į teatrą. Nes neištversiu. Ne, ištversiu. Sunkiai. Nenoriu to. Per sunku. Labai pavargau. Dėl visko. Baisu. Dabar vėl pasidaro baisu.

Kokia juokinga mūsų virtuvės staltiesė. Juodais ir baltais langeliais. Man atrodo, kad tokios niekas neturi. Ji nėra paprasta staltiesė. Ji yra staltiesė ir draugė viename. Dabar ji trupiniuota ir drėgna. Man nepatinka valyti stalą. Man patinka prie jo sėdėti ir gerti arbatą su citrina. Tiksliau sakant, vandenį su citrina ir cukrum. Hmm...

Prisimenu, kai buvau mažesnė ir sirgdavau, mama mane girdydavo tokia arbata. Koks jausmas, kad jūs žinotumėte... Būdavo gera. Labai. Ne, kodėl ir vėl? Kodėl?! Kodėl tiesiog negaliu apie tai negalvoti? Dieve, padėk. Oi, atleisk, buvau pamiršusi, kad tai tavo silpnoji vieta, Dieve.

Nesvarbu. Įdomu, kaip ji dabar gyvena? Kaip jaučiasi? Žinoma, nemanau, kad gerai, nors ir tikiuosi to. Aš jos pasiilgau... matyt. Taip, tikrai pasiilgau. Pasiilgau jos tokios, kokia buvo visą laiką anksčiau. O ji buvo nuostabi. Ji buvo kerinti. Visą vaikystę galvodavau, kad negali būti nieko baisiau, negu jos netekti. Aš buvau taip prie jos prisirišusi. Ne šiaip sau sakau. Ji buvo TIKRAI nepaprasta. Bet paskui… ai, gerai. Nebegaliu. Labai prašau, atleiskite man, nebeištversiu. Esu namie viena. Galiu paverkti? Ačiū, dėkoju iš visos širdies. Žinau, kad dabar atrodau kaip… žodžiu, tikrai nekaip, užtinusi ir raudona, bet man nesvarbu. Jau įpratau prie ašarų. Nenorėdama prisimenu tą dieną. Prisimenu viską. Net per daug gerai. Man šalta ir liūdna. Jaučiuosi vieniša. Manau, kad taip turėtų jaustis mažylis mano kojos pirštelis, paliktas kur nors toli Antarktidoj.

Velniava, skambutis į duris. Lįskit jūs visi vabalo blauzdon! Kodėl net paverkti normaliai negalima? Eikit jūs visi šikti. Pasiekiu savo kambarį ir užsidarau. Guliu ant lovos ir toliau varau savo jausmus lauk.

– Verute? Ar tu namie? – po kiek laiko išgirstu tetulę Moniką už savo durų.

Jai kelio taip lengvai neužtversi. Bando įeiti į kambarį, bet neišdega. Durys užrakintos. Tegu eina ji ramiai kakot, ir tiek. VERUTE?! Kas čia dabar? Aš Severija. SE-VE-RI-JA, neaišku?

– Hm, – numykiu.

– Kodėl užsirakinus? Viskas gerai? Parnešiau užšaldytą picą. Ar tu ne alkana?

– Mm, – vėl numykiu, tai turėtų reikšti „ne" (paaiškinu, jei netyčia nesupratot).

Ji vėl pabando atidaryti duris. Nieko naujo.

– Prašau, atrakink, – sako ji jau kiek surimtėjus.

– Nerakinsiu.

– Kodėl? – labai nustebusi klausia.

– Nes nenoriu.

Nieko kvailiau nėra už kalbėjimą žliumbiant. Ji to nesupranta. Net ir nesitikiu. Žinoma, galėtų tiesiog palikti mane ramybėje ir, pavyzdžiui, pasakyti, kad, kai norėsiu, galiu ateiti suvalgyti picos ar panašiai, bet ne, kur jau. Monika ne tokia. Toli gražu.

– Kas tau yra? – visai rimtai teiraujasi teta.

– Eik! Išeik. Labai prašau, išeik, – murmu jau visa apsiašarojusi ir apsiblaususi.

Negera. Patikėkit, labai negera.

Išgirstu, kaip ji dar kažką sumalusi sau po nosimi nulipa laiptais žemyn. Pagaliau. Nusišluostau akis ir atsigulu ant nugaros. Žiūriu į lubas. Nežinau. Nežinau, ar gebėsiu išgyventi dar vienus metus. Viskas taip suknista. Pagalvoju apie Moniką ir vėl imu ašaroti. Atsirakinu duris ir nusileidžiu. Įsliūkinu į virtuvę. Ji šluosto stalą, kurio aš nenušluosčiau šiandien. Man liūdna ir gėda, kad taip su ja kalbėjau. Prieinu ir kūkčiodama bandau pasakyti, kad nenorėjau. Ji šypteli ir mane apkabina. Negrabiai ir nestipriai, bet vis tiek man ramiau. Pakūkčioju, tada atsisėdu ant kėdės. Ji į mėlyną dubenėlį išberia kažkokių negražiai atrodančių sausainių su kokoso drožlėmis. Viską paruošusi įkiša picą į orkaitę.

– Nori arbatos?

Papurtau galvą.

– Sulčių?

Žinau, kad tos sultys pas mus stovi jau dvi savaites, todėl atsisakau.

– Vandens?

Vėl papurtau galvą ir atsistojusi pasakau, kad noriu pagulėti. Ji man šypteli. Aš taip pat prisiverčiu dirbtinai nusišypsoti ir išeinu. Vonioje šaltu vandeniu nusiprausiu veidą. Daug kartų. Pagaliau atrodau kiek panašesnė į žmogų. Pažiūriu į veidrodį. Baisu. Ne, viskas gal ir būtų dar pakenčiama, jei ne tas randas. Paliečiu jį. Nemalonu. Bet ką galėčiau padaryti, kad jo neturėčiau. Nekenčiu savęs tokios. Nekenčiu. Ne, daugiau nebeverksiu. Tik ne šiandien. Nors šiaip, kai pagalvoji, nieko čia baisaus. Verkti, ar ne? Jūs nemėgstat verkti? Manau, kad visi verkia. Kartais. O šiandien man anksčiau ar vėliau tai būtų atsitikę, suprantat? Man to reikėjo. Tai buvo neišvengiama. Nusirengiu ir numetu rūbus prie kitų nešvarių apdarų. Jaučiuosi labai purvina. Atsuku dušo čiaupą. Karšta. Gera. Man patinka. Dabar jaučiuosi lengviau. Vis dėlto atsikračiau bent litro ašarų. Gerai. Galvoju, ką daro Monika ir kodėl aš siunčiau ją šikti. Plūdau ją, o paskui kaip maža mergytė išsiblioviau. Ai, taip ir reikia. Tiksliau, taip turi būti. Tokia jau aš, tokios aplinkybės.

Retai susimąstau, kaip jai sunku. Kodėl aš gyvenu pas ją? Kaip ji sugebėjo priimti tokį sprendimą? Kad ir kokia ji kartais būna, aš esu ir visada liksiu dėkinga jai už tai, kad esu dabar čia ir turiu namus. Juk... juk galėjau būti išgrūsta kur nors į vaikų namus ar dar kur. Man čia gera. Ne visada, žinoma, bet malonu žinoti, kad turiu savo kambarį. Tikrai. Man čia gera tiek, kiek gali būti gera neturint mamos. Na, turint, bet... nesvarbu. Nebekalbėsiu daugiau apie tai. Tik ne šiandien.

Net gulėdama lovoje vis dar galvoju apie viską. Ypač apie Moniką. Džiaugiuosi, kad šiandien ji buvo tokia, kokia buvo. Rami ir paprasta. Man tai tikrai padėjo. Bet prisiminus dienas, kai būna kitaip, net baisu darosi. Rimtai. Tie, kurie jos nepažįsta, to nesuprastų, nes jos nuotaikų kaita, jos charakterio subtilybės (gražus žodis, tiesa?) tiesiog neįtikėtinos. Taip, ji gali būti visiškai kitokia nei šiandien. Kito tokio žmogaus niekur nerastumėt.

Prisimenu, kaip baisu buvo pirmomis dienomis čia. Man buvo sunku ir negalėjau nustoti verkti ir šauktis mamos, žodžiu, buvo tikrai siaubingos dienos. Visa laimė, kad Monika labai man padėjo, buvo miela ir atrodė supratinga. Net neverkė. Keista, nes man atrodė, kad jei aš turėčiau sesę ir jai taip atsitiktų, negalėčiau susivaldyti, man būtų tikrai labai liūdna. Žinoma, tai visai nesvarbu.

Bet viskas taip buvo tik kelias dienas. Aš kiek apsiraminau, verkdavau tik naktimis ir pažiūrėjus į mamos nuotrauką, o tada ir prasidėjo. Atsikeliu vieną rytą visa užtinusi nuo bemiegės nakties bei ašarų ir nukulniuoju į virtuvę. Ten sėdi Monika ir rauda. Taip, būtent rauda. Suprantu, kad nuo to ir pabudau. Maniau, sapnuoju, jog esu klykiančių paukščių fermoj. Aš iš tiesų nustebau, nes pirmą kartą mačiau ją tokią. Aš jos net tyliai verkiančios nemačiau, o ką čia kalbėti apie tokias dejones. Aš tikrai nuoširdžiai išsigandau ir puoliau ją raminti, nors ir nežinojau, dėl ko ji taip. Atsargiai prisėdau ir apkabinau. Ji staiga pašoko ir suspiegė:

– Neliesk!

Aš krūptelėjau, nes net nespėjau susivokti, kas atsitiko. Kas atsitiko? Nieko! Taip ir likau sėdėti kaip priklijuota.

– Aš tik... – net neįsivaizdavau, ką sakyti, nežinojau, už ką atsiprašyti ar dar ką padaryti.

– Užsičiaupk! Dink iš mano virtuvės! Neliesk manęs! Aš ne mažas vaikas, – ji žviegė, o aš buvau baisiausiai išsigandusi.

Keisčiausia, nė viena ašara nenuriedėjo skruostu, nes mane ištiko šokas. Buvau apstulbusi ir dar apsimiegojusi. Tokia visa pritrėkšta nulėkiau į savo kambarį, jei galiu jį taip vadinti. Kambary dar stovėjo daug neiškrautų dėžių. Man buvo baisu, pikta ir aš nieko nesupratau. Nesupratau, kodėl taip atsitiko mamai ir ką ne taip padariau Monikai. Jaučiausi kaip košmare. Ėmiau spardyti dėžes. Stipriai. Tada man tikrai kiek pagerėjo. Gera buvo įspirti visiems. Mamai, Monikai, tėčiui, broliui, o labiausiai DIEVUI. Kurio nėra. Bent jau man. Dabar.

O svarbiausia, kad vėliau, kai aš, kaip įprasta, pusę dienos pražliumbiau savo kambaryje, Monika tiesiog pasibeldė, nesulaukė mano atsakymo, įėjo ir išsišiepusi paklausė:

– Ar nori užkąsti?

Aš taip ir sėdėjau išsproginusi akis į ją. Viduje viskas virė, ir aš supratau, kad vis dėlto su teta Monika nebus taip lengva gyventi, kaip atrodė.

Aš tik linktelėjau, nes buvau išalkusi.

Antras

Atmerkiu akis ir spoksau į lubas. Visada taip darau rytais. Smarkiai išplečiu akis kaip nesveika ir spoksau į lubas, stengdamasi kuo ilgiau nesumerkti akių. Tuo metu tyliai skaičiuoju. Vienas, du, trys... Dažniausiai lėtai skaičiuodama taip išbūnu iki penkiolikos, kartais – net dvidešimties, o kartais net dar ilgiau, galit patikėt? Girdžiu tylų barbenimą. Lietus. Šaunu. Man nepatinka lietus. Į mokyklą ateisiu permirkusiais batais ir šiaip – kaip iš skalbimo mašinos ištraukta. Ir skėtis nelabai gelbsti.

Žinot, o lietaus garsai man labai patinka. Jau seniai tai pastebėjau. Prisimenu, buvau kokių penkerių metų ir mama vedė mane į darželį, aš atsistojau vidury kelio ir stoviu baloj.

– Ar kas negerai? – paklausė mama.

– Ššš, – supykusi sušnypščiau pridėjusi pirštuką prie lūpų.

– Severija, jei taip ilgai stovėsi, pavėluosi pusryčių, o aš į repeticiją, juk žinai. Pasakyk, ką darai, arba keliaukime, – mama kiek susinervino.

– Paklausyk! Girdi, kaip groja?

Stengiausi stovėt labai ramiai ir nekelti nė menkiausio triukšmo. Net kvėpuoti leidau sau tik labai tyliai, nes bijojau, kad muzika, kurios klausau, tuoj gali nutilti. Mama sulaikė kvapą. Deja, nieko neišgirdusi juokingai susiraukė ir klausiamai pažiūrėjo į mane.

– Kas groja, brangioji? – ji stengėsi tvardytis.

– Lietutis groja! Bet tu niekada to negirdi. Tu jau sena.

Supykusi pašokau baloj ir nubėgau toliau.

Po kiek laiko, prisimenu, vėl kažkurį rytą ėjau į darželį su mama, ji staiga sustojo. Nelijo.

– Mama, kodėl stovi? Einam greičiau, – ėmiau zyzti.

– Ššš... tyliau. Paklausyk, kaip groja.

– Kas groja?

– Vėjas. Girdi, kaip groja? Beveik taip pat gražiai kaip lietus, ar ne?

Aš taip pat įsiklausiau ir išgirdau vėją. Net dabar tai pasakodama girdžiu tą vėjo gaudesį, prisiekt galiu.

– Taip nesąžininga!

– Kas nesąžininga? – labai nustebusi paklausė ji.

– Tu visada laimi. Nori pasirodyti geresnė. Taip visada būna.

Buvau supykusi dėl to, kad pasijutau ne viena tokia gudruolė, girdinti nepaprastą muziką, bet iš tiesų jaučiausi puikiai ir nepratariau nė žodžio tą rytą mums einant, nes labai norėjau pasiklausyti muzikos.

Nusiklojus antklodę vėsu. Nemalonu. Todėl man ir nepatinka keltis rytais. Pasikloju lovą ir nuslenku į vonios kambarį. Šaltas vanduo atgaivina. Ir vėl gera. Apsirengiu ir išlendu iš kambario. Siaurų laiptų apačioje girdėti balsai. Monika ir Robertas. Tai jos sugyventinis. Nesinori jo taip vadinti, man šis žodis nepatinka, bet taip yra. Jie gyvena kartu jau ilgokai. Man rodos, apie trejus metus. Tada jie buvo laimingesni nei dabar. Nežinau, kodėl jie nenori susituokti. Nors koks skirtumas, jei vis tiek gyvena kaip sutuoktiniai. Pykstasi ne ką rečiau. Kaip ir myli(si). Taip, deja, namukas nedidelis, o sienos ne ypač storos. Šiaip aš jų visiškai nesuprantu. Jie nepaprastai skirtingi. Visai priešingos asmenybės. Vien pažiūrėjus į juos man darosi ir juokinga, ir liūdna vienu metu. Negražu taip sakyti, bet jie kiek apgailėtini.

Monika, pavyzdžiui, yra liesa, pakrikusių nervų ir išsiblaškiusi. Ji dirba medicinos sesele kažkokioje privačioje klinikoje. Iš tikrųjų, kaip ji sako, yra vyresnioji seselė. Nežinau, ar tai labai gerai, bet uždirba nemažai. Taip, tikrai juokinga, kad seselė gali išlaikyti namą. Na, iš tiesų tai jai juk nereikia daug pinigų įvairioms asmeninėms išlaidoms. Ji nemėgsta savęs lepinti.

Robertas dirba kompiuterių firmoje. Jis aukštas, apvalus, gana mielas, apskritais akiniais ir juokingais retais ūsiukais. Jis rūpestingas, kartais būna labai romantiškas, nevyriškas ir nuobodus. Jis daug labiau primena kokį meškiną nei vyrą. Kaip jūs manote, kuo jis traukia Moniką? Aš tai neįsivaizduoju, nors… kaip jau sakiau, jis retkarčiais būna labai romantiškas ir net mėgsta daryti staigmenas Monikai. Retai jos pasiseka, bet juk tai nėra svarbiausia. Iš tikrųjų daug suktesnis klausimas – kuo Monika gali patikti Robertui. Nuoširdžiai sakau, negaliu pasakyti nė vieno jos gero bruožo, kuris galėtų patraukti vyrą. Monika nemoka skaniai gaminti, namai paprastai būna netvarkingi. Tai taip pat keista, nes ji pati visada atrodo tvarkinga. Na… tiesiog kaip seselė. Jos pilkšvi plaukai visada tvarkingai surišti į uodegėlę, veidas atrodo nepriekaištingai (bet tai nereiškia, kad gražiai), drabužiai tvarkingi, švarūs ir visiškai nemadingi. Apie Roberto apsirengimo stilių geriau patylėsiu.

Robertas ne tik *dirba* su kompiuteriais. O, ne... Jis ir namie dažniausiai sėdi prie kompiuterio. Kiti jo didžiausi pomėgiai: valgyti, miegoti ir žiūrėti televizorių. Hmm... viliojantis vyras, ar ne? Dar viena šmaikšti smulkmena apie mano tetos sugyventinį. Sėdėdamas prie kompiuterio ir žaisdamas vaikiškus žaidimus arba ką nors žiūrėdamas internete jis visada klausosi muzikos. Žinot kokios? Ogi *Šuberto*. Taip taip, to paties. Vaizdas neapsakomas. Prie kompiuterio sėdi didelis vyras ir klausosi Šuberto. Iš tikrųjų dėl to man jis ir patinka. Robertas geba vienu metu daryti du nesuderinamus dalykus, nors pats to, man rodos, net nepastebi.

Virtuvėje girdžiu cypiantį Monikos balselį ir lėtą Roberto minčių dėstymą. Sulėtinu žingsnį.

– Ką tu kalbi? – cypia Monika. – Tu negali blogai jaustis. Juk geri tiek vitaminų!

– Aš... nežinau, bet tikrai jau vakare jaučiausi prastai. Gal persišaldžiau.

– Kaip – persišaldei?

Jai burbuliuojant girdisi dedamų į spintelę indų daužymasis. Nemalonus garsas.

– Nežinau... – jis kalba negarsiai ir atsargiai. – Monika, juk nieko blogo kartą per metus pasiimti kelių dienų atostogėles, ar ne?

– Nieko blogo? Tai siaubinga! Turi dirbti kaip garbingas pilietis ir nepraleidinėti darbo tik todėl, kad nori pailsėti.

– Bet... aš tikrai jaučiuosi nekaip. Tikrai. Juk žinai, kad tau nemeluočiau.

– Ką tik tuo suabejojau, – idiotiškai pareiškia.

Štai ką turėjau galvoje sakydama, kad jie apgailėtini. Visas jų gyvenimas drauge – tikra parodija. Aš klausausi ir man darosi negera. Įeinu ir garsiai pasakau „labas rytas". Jie tik trumpam nutyla. Tada Monika vis dar dėdama lėkštes į lentyną pradeda aiškinti, kaip Robertui turėtų būti gėda meluoti jai ir pačiam sau. Ji sako, jog tai žema. Robertas tesugeba atsakyti, kad jam atrodo, jog net temperatūros kiek turi. Ji dedasi neišgirdusi.

– Aš atsiprašau, bet... – sakydama tai nesu tikra, kad elgiuosi gerai. – Monika, juk tikrai gali būti, kad Robertas jaučiasi nekaip. Kodėl tu juo netiki?

Ji tyli. Trenkia spintelės durelėmis ir ima šluostyti stalą. Ji kvėpuoja tankiai. Aš pagalvoju, kad kvaila tvarkytis pusę aštuonių ryto.

– Tu pažiūrėk į jį. Juk jo akys paraudusios ir net balsas kiek prikimęs. Tu nesupranti, kad kartais galima pasijusti prastai, nes tau taip nebūna, – stengiuosi kalbėti kuo ramiau, kad ir kaip norėtųsi visa tai išrėkti.

Po mano žodžių ji pakelia akis, palikusi kempinę ant stalo. Išsitiesia visu savo menku ūgiu ir užspiegia:

– Kas tavęs prašė kištis į mūsų reikalus?! Ir išvis... – ji neranda ką pasakyti. Robertas atrodo išsigandęs. – Tu geriau patylėtum. Visada buvai savanaudė.

– *Kištis į jūsų reikalus?* Juk aš tik pasakiau, kad Robertas man atrodo ligotas, ir tiek, – dabar esu kaip reikiant susinervinusi. Matau, kad tetai taip pat negera. Trūksta tik dūmų, rūkstančių pro nosį.

– Monika, jei aš noriu šiandien neiti į darbą, nes tikrai nekaip jaučiuosi, tu neturi jokios teisės man to neleisti, – jis nemoka piktai kalbėti, bet ir toks tonas pagirtinas. Beje, jis sako visišką tiesą. Man pikta ant Monikos. Ji nėra protinga moteriškė. Aš net nesuprantu, ko jie čia dabar pykstasi, – ar vien dėl nėjimo į darbą, o gal dar kažkas buvo?

– Tu jam ne mama, – tvardydamasi išlemenu. – O jis jau ne mažas berniukas. Tai kvaila!

– Kaip tu su manim kalbi?! – juokingai išsiviepusi spoksodama į mane suspiegia teta.

Atsistoju ir išeinu. To aš nepakenčiu. Jai vėl prasideda. Monikai tikrai reikalinga specialisto pagalba. Lipdama į kambarį girdžiu, kaip Robertas kažką pasakęs taip pat išeina iš virtuvės. Šaunuolis. Visas šitas pokalbis buvo daugiau nei beprasmis.

Lauke šlapia, bet jau nebelyja. Skėtį įsigrūdu į kuprinę. Maloniai gaivu. Kaip visada tokiu oru, man ima perštėti randą. Aš įpratus, bet vis tiek nemalonu. Laimė, mokykla netoli. Einu tiesiai ir pasuku į kairę. Mokykla nėra nei balta, nei didelė ir šiaip ne itin primena kitas mokyklas. Tai nelabai didelis rusvas pastatas, įsiterpęs tarp gyvenamojo namo ir apygardos teismo – taip, man rodos, tai vadinasi. Nebloga vieta mokyklai. Mano batai drėgni, randą pešti ir dar einu į mokyklą. Kas gali būti geriau? Na, svarbiausia gera dienos pradžia (taip sakydavo mama)!

Trečias

•

Pasibaigus pamokoms, jaučiu palengvėjimą. Pro tamsius debesis kur ne kur matosi šviesesni lopinėliai. Dažnai stovėdama čia, ant mokyklos laiptų, jaučiuosi daug geriau. Juk esu atsukusi nugarą mokyklai. Man patinka stovėti čia ir žinoti, kad šiandien čia viskas baigta, galiu dabar traukti kur tik panorėjus. Keista diena mokykloj. Jums patinka eiti į mokyklą? Aš jos negaliu pakęsti. Tiesiog negaliu. Klausiate, kodėl? Pabandysiu jums paaiškinti.

a) Mūsų klasėje mokosi 17 mokinių ir tik trys iš jų yra pakenčiami.

b) Visi mane mokantys mokytojai yra nesupratingi, neatidūs ir nesistengiantys suprasti mokinių puskvaišiai.

c) Daugelis mokinių, nors ir nedaug jų pažįstu, man atrodo vargšai padarai, paveikti mados ir neteisingo, idiotiško mąstymo (aplinka, matyt, kalta).

Man mokykloje nebūna linksma ir aš čia niekada nesijaučiu laiminga (išimtis – kai klasės *princesei* atsitinka kas negero, tiksliau sakant, labai juokingo, pvz., ant galvos nukrinta plyta, užvirsta spinta ar kas nors paleidžia durklą jai į širdį – gerai, taip nebūna, bet kas nors panašaus kartais nutinka mūsų išprotėjusioje klasėje). Klasė, kurioje mokausi, nėra labai baisi ar panašiai, tiesiog tai neįdomi apsimetėlių ir lengvabūdžių vaikų grupė, sėdinti vienoje patalpoje, ir tiek. Mes visi esame gana žiaurūs. Vaikai mokykloje sužvėrėja dešimteriopai. Aš rimtai. Čia reikia kovoti už būvį. Daugelis taip mano. Man tai jau praėjo ir aš tuo džiaugiuosi, nes dabar galiu jaustis ramesnė, negalvodama, kuriam mokyklos sluoksniui priklausau. Man tai visiškai nerūpi.

Nesiruošiu pasakoti jums apie visus savo bendraklasius, net apie mokytojus nutylėsiu, nes jie neverti, kad kas nors apie juos išgirstų. Nesvarbu ką.

Paminėsiu tik tris savo klasės draugus, vertus dėmesio. Jie nėra mano draugai, tiesiog jie vieninteliai, apie kuriuos galiu jums pasakoti ir pasakojant manęs nepykina.

Jie yra įdomūs, keisti ir nėra tokie kaip kiti bendraklasiai: *susmirdusios, apsiseilėjusios, nusmurgusios žiurkės* (atsiprašau, gal per žiauriai, bet juk sakiau, kad būsiu atvira)!

Taigi pirmasis iš jų – Alfredas. Jis – mano suolo draugas. Liesas, spuoguotas, ištįsęs ir kiek pavėpęs, bet jis nevisiškai toks, kokį dabar įsivaizduojate, nes nepasakiau gerųjų jo savybių. Taigi man jis patinka todėl, kad nesmirdi, o netgi kiek kvepia (ne taip kaip kiti bendraklasiai). Jis yra paslaugus, mėgsta skaityti (man pačiai, tiesą sakant, skaityti nelabai patinka, bet man atrodo labai gerai, kai vaikinas tai mėgsta), o prie kompiuterio sėdi ne daugiau nei dvi valandas per dieną, nes tai *laiko švaistymas*, nerūko, nes tai *nesveika*, mėgsta žiūrėti gerus filmus ir nėra ištižėlis.

Daugiausia jis bendrauja su kitu klasės draugu, Manfredu. Juokinga, ar ne? Alfredas ir Manfredas – du geriausi draugai. Vienas – liesas ir aukštas, kitas – neaukštas ir apvalus.

Pastebėjau, kad tai neretai pasitaiko. Priešingybių porų. Tarp draugų ir įsimylėjėlių. Tiesiog, kaip sakoma, žmones traukia priešybės, tiesa? Aš tai nežinau. Man taip neatrodo. Tiesiog sunku suprasti, apie ką kalbasi tokie skirtingi žmonės. Turiu galvoje ne išvaizdą, žinoma, o skirtingus charakterius, būdą.

Daugiau draugų Alfredas lyg ir neturi. Bent jau man žinomų. Per pamokas mes dažnai pasikalbame. Apsikeičiame žiniomis ir padedame vienas kitam per įvairias pamokas. Ypač jis man padeda per chemiją, nes jos aš nė bum bum neraukiu. Net liūdna kartais pasidaro, nes atrodo, kad esu visai buka. Bendraklasiai atsakinėja į klausimus, o aš niekaip negaliu suprasti paprasčiausios formulės. Kartais, kai jam būna *bloga diena*, kaip pats sako, su juo geriau neprasidėti. Dėkui Aukščiausiajam, taip būna retai.

Antrasis mano klasės draugas, vertas būti vadinamas žmogumi, tai ir yra Alfredo draugas Manfredas. Jis visada išsišiepęs. Dažniausiai juokiasi arba kartojasi kokią nors pamoką, nes prie namų darbų, kaip pats sako, neužsibūna, kadangi, skirtingai nuo savo draugo, prie kompiuterio sėdi mažiausiai penkias valandas per dieną. Jis pats taip sako, o pažiūrėjus į jį man nelieka jokių abejonių.

Manfredas nemėgsta skaityti ir niekas jo nepriverstų žiūrėti filmo, kuriame nebūtų daug pistoletų, motociklų ar mašinų, bombų ir merginų (apsinuoginusių bent iki pusės). Taigi jis kitoks nei Alfredas, bet man patinka savo nuoširdumu, paprastumu, tiesumu. Ir dar: jis labai juokingas! Taip, jis vienintelis, šiuo metu sugebantis mane pralinksminti.

Trečiasis *žmogus* mano klasėje – Patricija. Ji man patinka tuo, kad skaito fantastikos knygas (kuriose, mano manymu, rašomos absoliučios nesąmonės), turi labai ilgus tamsius plaukus. Visada niūniuoja kokią nors reklamos ar filmuko melodiją, beveik su niekuo nebendrauja, tik retkarčiais su manim ir Manfredu (nuolat). Suprantate, jie įsimylėję. Ir atrodo, kad labai rimtai. Kai pasižiūri į juos, pasidaro net juokingiau, nei žiūrint į Alfredą su Manfredu. Patricija nešioja didelius, apskritus akinius, beveik visada būna paraudusia nosimi, nes nuolat sloguoja, ir dažniausiai po pažastimi turi kokią nors fantastikos knygą. Aš jai patinku, sako ji, Patricija įžvelgia mano panašumų su Hariu Poteriu. Ir šiaip aš į jį panaši (prisiminkime faktą, jog Patricija nešioja akinius storais stiklais ir net su jais mažai ką temato), o ypatingas ryšys mus sieja dėl rando. Nors aš jai ir sakau, jog manasis didesnis, ne žaibo formos ir yra ant žando, o ne ant kaktos, ji vis tiek įrodinėja, kad mes panašūs kaip brolis su sese. Juokinga. Šiaip ji vienintelė visiškai nesibaisi mano randu, o atvirkščiai – į jį žiūri su tam tikra pagarba.

Štai visi mano klasėje besimokantys *žmonės*. Jie skiriasi nuo kitų, nes nėra vienodi, nuobodūs, pasipūtę, jie įdomūs savo keistumu. Dabar tikriausiai supratote, kad nesu visai sveika. Šiaip ar taip, galite sakyti, ką norite, bet jie vieninteliai, dėl kurių mokykla nėra visiškai neįdomi skylė.

Giliai įkvepiu žiemos-pavasario oro ir lėtai nutipenu slidžiais laiptais. Aplink mane visi skuba. Mokiniai iš pamokų, šiaip pro šalį einantys žmonės.

Nežinau, ar jums kada taip yra buvę, gal būna dažnai, o gal nesuprasite, ką dabar pasakysiu. Tačiau kartais pajuntu, jog noriu kažką keisti. Nekalbu apie pasaulio pertvarkymą, taiką ir panašiai, – norisi kažką pakeisti savo gyvenime. Daryti ką nors kitaip, nei visada dariau, būti kitokiai, nei esu, į viską žvelgti ir matyti kitaip. Dabar ir jaučiuosi keistai, nes nežinau, ką būtent reikėtų daryti, kad kas nors pasikeistų, kadangi viskas atrodo taip nusistovėję ir nepajudinama. Kiek aš galiu taip gyvent?

Visą laiką galvoti apie mamą. Gali pasirodyti juokinga ir net neįtikėtina. Dveji metai. Jau praėjo dveji metai, o aš kiekvieną sušiktą dienelę ją prisimenu. Kiekvieną! Būna, kad atsikeliu, einu į mokyklą, mokausi ir dar ką nors veikiu ir visiškai jos neprisimenu, bet taip tik atrodo. Atsigulu vakare į lovą. Užsimerkiu ir matau jos veidą. Jos akis. Jos lūpas. Jos rankas. Jos plaukus, nuostabiausius visame pasaulyje. Taigi, bet taip būna geromis dienomis. Šiaip apie ją galvoju net dažniau. Ryte lovoj, mokykloj, teatre (žinoma), gatvėje, vakare užsimerkus. Taip būna dažniausiai. Niekada tuo per daug nesistebėjau. Maniau, jog taip ir turi būti, bet šiandien susimąsčiau. Iš tiesų. Kiek taip galima? Jausmas, kad prisiminimai mane persekioja. Kad ir kaip stengčiausi susitaikyti su visu šlamštišku savo gyvenimu, neįstengiu to padaryti. Pradedu manyti, jog tam reikia turėti tam tikrų gebėjimų. Esu Hario Poterio sesutė, tačiau net tiek nesugebu.

Gatvės apytuštės. Daugiausia – mokinių. Mašinų daug. Man jos nepatinka, nes kelia triukšmą ir dar šlykščiai teršia aplinką. Lėtai slenku gatvėmis. Visada turiu maršrutą. Niekada neskubu, nes skubėti man nepatinka. Einu lėtai, tik šį kartą nežinau kur. Pakeliu akis į dangų. Tamsus ir niūrus. Nekreipiu dėmesio. Antradienis. Negaliu nenueiti į teatrą. Vakar nebuvau. Dvi dienas iš eilės nejaučiu to kvapo, neliečiu sienų... negaliu. Apsisuku ir žingsniuoju seniai žinomu keliu. Neskubu. Jaučiu, kad turiu ten nueiti. Žinau, kad jums mano apsilankymai teatre atrodo beprotiški. Žinoma. Taip ir yra. Viskas yra beprotiška.

Nejučia šypteliu. Tik taip, kaip aš viena moku, nes visi kiti paprastai šypsosi plačiau ir įprasčiau. Aš primiršau, kaip tai daryti.

Žinote, jaučiu, kad kažkas šalia manęs yra. Net neįsivaizduoju kas (turiu galvoje ne žmogų, aišku).

Jau sėdėdama teatro balkone prisimenu vieną socialinę darbuotoją. Neklauskite, nežinau kodėl. Kodėl dabar ir kodėl ją.

Su ja susidūriau po viso to įvykio su mama, nes taip reikėjo. Po tokių dalykų vaikai turi apsilankyti pas socialinius darbuotojus, pedagogus ar psichologus, nes taip kažkas sugalvojo. Taigi. Ta moteris man nepatiko, nes buvo sena, nususosi ir dar manė, jog mane supranta, bet taip tikrai nebuvo. Prisimenu, ji klausė, kaip aš jaučiuosi. Aš piktai nužvelgiau ją nuo galvos iki kojų.

– Sušiktai, – pasakiau pabrėždama kiekvieną raidę. Taip ir buvo. Aš nemelavau.

– Na, – kiek sutrikusi pradėjo, – manyčiau, tavo jausmams apibūdinti labiau tiktų žodis „sutrikusi" ar paprasčiausiai „liūdna".

– Jaučiuosi sutrikusi, man liūdna, noriu verkti, rėkti ir klykti. Aš nenoriu, kad būtų taip, kaip dabar yra, noriu, kad dingtumėte man iš akių ir dar... kad... a, kad jūsų subinė nebūtų tokia stora, kokia yra dabar, ir jūsų akys taip į mane nespoksotų, – giliai įkvėpiau ir pajutau šlykštų pra-

26

kaito kvapą. – Ačiū už dėmesį, – užtrenkusi to šuniško kabineto duris, apsiašarojau ir jaučiausi apgailėtinai.

Po kelių savaičių, kai ką tik buvau atsikėlusi pas Moniką, gavau laiškelį. Kai dar nežinojau, kas parašė, slapta tikėjausi, kad mama, nors ir supratau, kad tai neįmanoma. Galvojau, gal jai staiga pagerėjo ir ji siunčia man mielą atviruką, kuriame rašo, kad tuojau sugrįš pas mane ir mes vėl grįšim į namus, ir viskas bus taip, kaip buvo iki šiol. Deja. Pamačiau ant voko užrašytą nepažįstamą pavardę. Atplėšiau voką. Jame buvo mažytis atvirukas su angelu. Jame buvo parašyta:

Jei nori būti laiminga – džiaukis gyvenimu ir nesidairyk į praeitį!

Neprisimenu, kaip ji pasirašė, bet iš karto supratau, kad čia ta pati moteris iš smirdinčio kabineto. Kokią sekundę man buvo liūdna dėl to sakinio, paskui pasidarė pikta. Dar kartą. Ji nesuprato, kad laiminga aš niekada nebūsiu, o tai, kas ką tik buvo nutikę, tada dar nebuvo praeitis. Tai buvo mano šiandiena.

Deja, tenka pripažinti, dabar niekas nepasikeitė, tik atsirado truputėlį daugiau vilties. Juk gal kada ateityje tai galėtų būti įmanoma. Kad aš būsiu laiminga. Gal.

Manau, net pati norėčiau mamos istoriją paversti praeitimi. Noriu truputį daugiau džiaugsmo savo gyvenime. Nesvajoju, kad kiekvieną dieną jausčiau tokį jausmą, kuris reiškia džiaugsmą. Net nemanau, kad įmanoma tai jausti dažnai. Norėčiau, kad ateitų laikas, kai galvodama apie mamą jausčiausi laiminga ir galėčiau nusijuokti, o gal kada galėsiu su kuo nors linksmai apie ją kalbėtis. Ne, nemanau. Aš netikiu. Tik norėčiau kiek dažniau nusišypsoti ir jausti, kad tai darau todėl, kad noriu. Dėl savęs. Arba – kaip smagu turėtų būti ką nors kitą priversti nusišypsoti. Gal jau laikas? Gal jau laikas daryti ką nors, kad galėčiau *šypsotis*?

Kartais būna, kad supranti, jog nebegali gyventi su tokia pačia šukuosena arba nebenori dėvėti kokių senų džinsų ar dar ko. Net ir tai padaryti ne visada lengva. Vadinasi, ir aš negaliu tiesiog imti ir šypsotis, nes nuo to man nebus gerai. Turiu jausti, kad pati tikrai to noriu. Man atrodo, visa tai nėra taip paprasta.

Ketvirtas

Ką aš manau apie televiziją? Nesąmonė. Šūdas. Kaukių balius. Dirbtinės šypsenos. Dirbtinis juokas. Dirbtinai malonus elgesys. NE-SĄ-MO-NĖ. Man patinka žiūrėti filmus, ne visus, žinoma, bet debiliškų laidų aš nevirškinu. Baisu. Pykina žiūrint.

Įjungiu tą kvailą dėžę tik tada, kai:

1) turiu pasiskolinusi (pvz., iš Alfredo) ar išsinuomojusi kokį įdomų filmą;

2) rodo „Felisitę";

3) rodo „Draugus";

4) sergu arba visiškai neturiu ką veikti (arba labai labai tingiu daryti ką nors, ką būtinai reikia).

Man patinka žiūrėti filmus. Patinka „Felisitė". Patinka krizenti per „Draugus". Ir kartais patinka spoksoti į ekraną ir apie nieką negalvoti. Taip, kartais pavyksta nekreipti dėmesio į visus tuos klouniškus žmones.

Prisimenu, „Felisitę" žiūrėdavo mano mama. Taip ir aš pradėjau. Tiesiog sėdėdavau prie jos ir net to nenorėdama žiūrėdavau šį serialą. Po kiek laiko mamai jis atsibodo, nes ji, matyt, paseno ar bent subrendo, nežinau, o aš negalėdavau nuo jo atsiplėšti. Taip tebėra iki šiol. „Felisitė" man atrodo labai artima. Tas serialas. Nežinau kodėl, kartais tokius dalykus sunku paaiškinti.

Kartą, dar prieš viską, nusipirkau tuščią kasetę ir paprašiau tėčio atiduoti seną diktofoną. Jis sutiko, nes vis tiek jo nenaudojo. Buvau laiminga, galvojau, kad dabar jau būsiu kaip Felisitė. Nežinojau, kam siųsiu įrašytą kasetę. Man tai nerūpėjo, tiesiog labai džiaugiausi. Deja, nebuvau panaši į Felisitę. Neturėjau tokių gražių plaukų ir šiaip niekuo jos nepriminiau, bet tai man taip pat nerūpėjo. Atsisėdau ant lovos ir paspaudžiau mygtukus. Galvojau, ką sakyti. Kadangi nieko negalėjau papasakoti, nei apie vaikinus, nei apie paskaitas, turėjau sugalvoti ką nors kita. Ką galėjau apie save pasakyti? Ogi beveik nieko. Bent jau tada man taip atrodė. Kai vėliau klausiau kasetę, išgirdau štai ką: „Mm… Hmm… chi chi chi chi chi… Am… Aš Severija… mmmm… man dvylika… che che che…" – ir daugiau nieko. Taip, tai aš jau tikra Felisitė.

Nežinau, kodėl dabar prisiminiau. Pagalvojau, kad dabar tikrai turėčiau ką papasakoti. Na, tik gal nelabai žinočiau kaip.

Šiandien „namuose" tylu. Įdomu, ar Robertas buvo darbe? Užlipu į savo kambarį ir atsigulu ant *savo* lovos (ši lova – vienintelis baldas, kuris man liko po visko. Nesutikau jos ten palikti, nes jaučiau, kad neištverčiau). Išsikraunu knygas. Pykina net prisiminus mokyklą. Permetu akimis rytojaus tvarkaraštį. Nieko gero. Namų darbai. Paskaitinėju šį bei tą ir užverčiu knygas. Kitaip negaliu. Neišeina. Per daug minčių ir per daug nenoro. Kaip nors išsisuksiu. Įsijungiu radiją. Nepakenčiu to įkyraus šnypštimo, todėl greitai ieškau kokios pakenčiamos stoties. O, kai ką radau... nutylu ir klausausi. Nepaprastai graži daina, kai ką man primena... greitai nusuku stotį ir vėl girdžiu trūkinėjantį šnypštimą, bet nebegaliu pajudėti, nes vaizdai, kvapai ir garsai iškyla prieš akis, girdžiu tą dainą mintyse, nors ir nenoriu. Bandau viso to atsikratyti, bet neišeina. Prisiminimai. Kam jie? Kad kankintų? Aš nenoriu. Ir vėl prisimenu. Ir vėl ašaros kutena skruostą. Nuslenku ant žemės ir pažiūriu po lova. Širdis garsiai tuksena, nes didžiuliai ir sunkūs prisiminimai šliaužia į mano smegenis. Ir širdį. Mažytę. Prisimenu, jog turiu dar vieną neišpakuotą dėžę. Neišpakuotą sąmoningai. Dar vakar galvojau, kad niekada jos net nepaliesiu. Bet ir neišmesiu. Būtų per daug žiauru. Tiesiog ta dėžė su spalvotais prisiminimais stovės po lova ir... grauš mane visą gyvenimą. Nespėju gerai pagalvoti, tik suprantu, kad dėžė staiga – mano rankose. Ji nuo televizoriaus. Televizorius nebuvo didelis, bet dėžė nemaža. Ant jos parašyta: NELIESTI (juodom raidėm). Dėžė raudona su juodais taškučiais. Pati ją išmarginau.

Prisimenu, tada jau žinojau, kad važiuosiu pas Moniką, ir kroviausi daiktus.

Iki to laiko, nors ir gyvenome tame pačiame mieste, tik skirtingose pusėse, matydavom Moniką retai. Nežinau kodėl, bet žinojau, kad mano mamos ir jos santykiai nekokie. Jos nesipyko. Niekada, tiesiog beveik nebendravo. Ne todėl, kad neturėjo laiko. Man buvo gaila, nes aš taip pat su savo broliu beveik nebendrauju, o taip norėtųsi turėti dabar ką nors artimą. Visada maniau, mama turėtų labiau pasistengti, kad jos dažniau bendrautų, kartą taip jai ir pasakiau. Mama atsakė – jos per daug skirtingos, kad dažniau būtų kartu. Aš pasakiau, kad labai gera, matyt, turėti sesę, o su ja nebendrauti negerai. Ji nusijuokė ir tik pasakė kažką, ko aš nesupratau. Apie Moniką – gal kad su ja nėra labai smagu ar panašiai. Man tas nepatiko, man ir dabar atrodo, kad turėti sesę – pats smagiausias dalykas.

Atsiprašau, kiek nuklydau. Taigi tada kroviausi daiktus į dėžes. Daiktų buvo daug, nemažai jų išmečiau ir dabar gailiuosi, na, nesvarbu. Kroviau į dėžes daiktus ir stengiausi apie nieką negalvoti, bet neišėjo. Tikrai, niekaip neišėjo, visą laiką ašaros temdė akis (nuskambėjo gal kiek poetiškai, bet taip buvo iš tikrųjų). Ir tada aš paėmiau tą dėžę ir dažų. Ir pradėjau. Man buvo gera, tiesiog tepliojau dažais, ir tai mane ramino.

Praplėšiu dėžę. Užsimerkiu. Ne taip lengva, kaip jums gali atrodyti. Kai bent šimtą kartų giliai įkvepiu ir pasižadu laikytis ramiai, atsimerkiu. Iš karto pastebiu dešiniajame dėžės šone gulintį tą patį tėčio diktofoną. Pasidaro bloga. Senas kvapas ir seni daiktai. Pasiimu diktofoną ir pakišu dėžę dar toliau po lova. Pasidaro ramiau. Stalčiuje susiieškau kažkokią seną kasetę. Įdedu. Paspaudžiu *play* ir *rec*. Tada pasakau ilgą „aaaa" ir vėl išjungiu. Susinervinu. Pykstu ant savęs, bet vis tiek norisi kaltinti kitus. Taip jau yra.

Dar kartą paspaudžiu mygtukus. Juostelė pradeda suktis. Šį kartą išstenu (nesijuokit, manau, šis žodis čia labai tinka) keturis žodžius (oho!): „EIKIT JŪS VISI ŠIKT". Norisi kam nors trenkti į snukį. Pikta, nes ką tik supratau, kad nesu stipri, esu ištižus. Norisi ką nors sudaužyti. Pažvelgiu į diktofoną. Ne, jo dar prireiks. Kaip norėtųsi kam nors trenkti į snukį. Stipriai, galingai, taip, kaip aš nesugebėčiau. Tada tiesiog garsiai sušunku. Kai nutylu, girdisi labai tylus ir švelnus aidas.

Staiga atsidaro mano kambario durys ir įlekia *išsigandęs, pastėręs iš siaubo, suprakaitavęs ir raudonas* Robertas. Aš įremiu stiklines savo akis į jo išsprogusias akytes. Sėdžiu kiek prasižiojusi. Nespėju susivokti, kas vyksta.

– Kas... kas...

Šnopuodamas jis atrodo iš tiesų juokingai, o juokingiausia tai, jog jam kalbant iš nosyje esančių darinių pučiasi burbulas. Tiesiog taip. Čia ir dabar man prieš akis.

– Kas atsitiko?

Burbulas vis dar pučiasi.

– Ar tau viskas gerai?

Jis didėja, vis dar didėja.

– Aš taip išsigandau ir... ir atlėkiau čia kuo greičiausiai! Negi Robertas nejaučia to didėjančio snarglių burbulo?

– Ar tau viskas gerai, Severija?

Jis keistai susiraukia, tiriamai žiūri į mane ir... burbulas sprogsta! Manau, mirsiu iš juoko. Aš tikrai juokiuosi ir jaučiu, kad net oro trūksta. Tikiuosi, galite bent įsivaizduoti visa tai, ką aš mačiau, patikėkite, vaizdas – nemirtingas! Cha cha cha cha... chi chi chi...

– Aš... – bandau atgauti kvapą.

Manau, turėtumėte žinoti, kaip būna, kai juokiesi, nors ir neturėtum, ir sustoti negali. Robertas nesupranta, sutrikęs kasosi nosį ir atrodo nepaprastai juokingai.

Staiga suprantu, ką aš dabar darau, ir išsigąstu. Nustoju. Aš juokiausi. Aš ką tik saldžiai kvatojau ir negalėjau sustoti. Ar taip gali būti? Ką tik ašarojau, o dabar jau kvatoju? Čia kažkas ne taip. Aš kokius dvejus metus taip rimtai nesijuokiau, o dabar žvengiu susiriesdama.

– Atsiprašau… aš tik išsiliejau… – pagaliau visiškai surimtėju.

Per tą laiką jo mina spėja pasikeisti. Dabar jis atrodo tiesiog suglumęs ir visiškai nesigaudantis.

– Tik tiek… man buvo pikta ir aš… aš užsigavau koją ir surėkiau.

Imu glostyti koją ir suprantu, kad kitaip paaiškinti jam bus sunku. Dirbtinai šypteliu.

– Man viskas gerai. Praeis. Jau galima sakyti, aš sveika. Ir gyva, tai juk svarbiausia, ar ne?

Dabar tetos sugyventinis žiūri į mane juokingai pakreipęs savo apvalią galvutę ir taip pat juokingai išpūtęs akis.

– Tikrai. Atsiprašau, kad išgąsdinau.

Ir vėl dirbtinai šypteliu. Žinau, kad taip negerai, bet kitaip neišeina.

Jaučiu jausmą, kokį jaučia žmonės, nuoširdžiai pasijuokę. Labai keistas jausmas.

– A, tai viskas gerai?

– Taip, tikrai, – užtikrinu.

Tik dabar pastebiu, kad jis kažkoks įtartinas. Nusiminęs ar panašiai. Jis eina prie durų ir pasuka rankeną.

– Kaip baigėsi su Monika?

Jis staigiai atsisuka ir dabar jau atrodo kiek linksmesnis, matyt, tik ir svajojo, kad to paklausčiau.

– Buvai darbe?

Robertas visu savo rutulišku kūnu pliumpteli ant lovos šalia manęs.

– Buvau darbe, – nuleidęs galvą, rankas laikydamas ant kelių tyliai sušnibžda.

– Tai kodėl jai nusileidai? Aš nesuprantu ir niekada nesuprasiu, kokią teisę ji turi elgtis su tavim kaip su vaiku ir…

– Ššš… – pridėjęs pirštą su apsilupinėjusiu nagu prie juokingų savo lūpyčių sušnypščia „dėdė". – Neturėtum taip apie ją kalbėti, nes… žinai, aš pats jaučiuosi kaltas, nes per mažai laiko praleidžiu kartu su ja, ir man atrodo, kad tai ją skaudina.

– Bet juk tai neturi įtakos tavo savijautai… nesuprantu. Šiaip ar taip, juk tu gali gyvenime veikti ką tik panorėjęs, ne visada privalai būti su ja. Juk jei turi kokių pomėgių ar panašiai, tai yra labai gerai, – susimąstau. – Robertai, o… jei ne paslaptis, ką tu veiki laisvalaikiu ar, tiksliau, ką veiki, kad mažiau ėmei būti su Monika?

Man pačiai pasidaro įdomu, nes kiek pagalvojusi suprantu, kad man žinomų pomėgių Robertas neturi. Be sėdėjimo prie kompiuterio ir televizoriaus. Pažvelgiu į jį. Robertas sėdi atsitiesęs ir kramto jau ir taip apkramtytus nagus. Kumšteliu jam į pašonę.

– A… aš? Aš… na, tiesiog dabar dažniau išeinu pasivaikščioti ir pakvėpuoti grynu oru, – jis nuryja seilę. – Žinai, man gydytojas taip pataria, o ir man patinka. Neretai su bendradarbiais nueiname kur pasėdėti ir… O! Man rodos, vilką minim, vilkas čia.

Skambutis apačioje. Vilkas Monika jau parėjo. Kažkas čia neaišku, bet nieko. Robertas staigiai atsistoja ir greitai nustriksi žemyn. Sėkmės mūsų zuikučiui.

Kai ir vėl kambaryje lieku viena, susimąstau apie viską, kad ir kaip tai įgrisę. Jaučiu, kad visos mano mintys taaaip atsibodusios ir pykina, jog daugiau neištversiu. Suprantu, kad turiu daryti ką nors visiškai nenaudingo ir nereikalaujančio daug jėgų. Tyliai atidarau kambario duris ir per turėklus pažvelgiu į apačią. Iš sugyventinių kambario jau sklinda švelnus, meilus, lipšnus burkavimas, tylus kikenimas ir, kiek vėliau, bučiniai. Apačioje matosi numestas mažas Monikos portfelis, medinė komoda ir penki kabliukai paltams kabinti. Keturi iš jų užimti. Mano, Monikos ir Roberto paltai. Monikos skrybėlaitė kabo ant ketvirto kabliuko. Niekada nesupratau, kodėl ji savo skrybėlaitės nekabina ant to paties kabliuko kaip ir palto, bet ji sako, jog ši skrybėlaitė brangi senos draugės dovana ir ji turinti ją labai vertinti. Įdomu, kodėl jai atrodo, kad skrybėlaitė, kabodama ant to paties kabliuko kaip ir paltas, jaustųsi nevertinama. Žinoma, aš nepažįstu Monikos skrybėlaitės taip gerai kaip ji, bet nemanau, kad tai galėtų pakenkti skrybėlaitei moraliai. Nors ką ten gali žinoti, kaip su tomis skrybėlaitėmis.

Lėtai nulipu laiptais. Pasuku į kambarį, kur stovi televizorius, kompiuteris, sofa ir kavos staliukas. Įeinu. Kambarys kvepia tvarka. Įsijungiu televizorių. Rodo žinias. Man tai nepatinka, bet tingiu jungti kitą kanalą, tokia jaučiuosi išsekusi. Skambutis. Telefono. Tenka atsikelti.

– Atsiliepsiu, – sušunku ir pasuku link kompiuterio, prie kurio guli telefonas.

Girdžiu, kaip Monika trumpai nutyla ir nutildo savo mažąjį zuikutį, bet kai supranta, ką pasakiau (tam jai reikia laiko), vėl ima kikenti.

– Klausau, – sakau sukdamasi ant kompiuterio kėdės ir žiūrėdama į televizoriaus ekraną, kuriame rodo baisiai subjauroto vyriškio kūną. Nesąmoningai kiek susirauktu.

– Labas, brangioji, – tylus, duslus vyriškas balsas. Nusuku akis nuo ekrano ir įsmeigiu į baltą sieną.

– O, – tyliai murmteliu, – čia tu, tėti?

Matau jį mintyse. Man atrodo, kad kalbėdami telefonu žmonės tai dažnai daro nesąmoningai.

Kiekvieną kartą jam paskambinus būna labai keista. Ne tik dėl to, kad jis skambina gana retai, bet ir dėl kažko, ko aš nežinau. Nemalonu.

– Taip, Severija, dukryte, čia aš. Tavo tėtukas.

Jis kalba labai savotiškai. Mano tėtis ir šiaip gana keistas, bet toks jo balsas paprastai nebūna. Labai juokinga, kai jis sako „tėtukas".

– Kaip sekasi? Kaip mokykla? Kaip Monika?

Jis sušniurkščioja. O ne, ir vėl. Jis dažnai taip, ir mane tai nepaprastai nervina. Kam jis man skambina, jei didžiąją pokalbio dalį verkia? Juk vyras vis dėlto.

– Gerai, ačiū. Kaip visada. O jūs kaip? Kaip Henrikui sekasi?

Man kiek pikta. Ir ne dėl to, kad jis net nelabai gali vadintis mano tėčiu, tiesiog kad jis toks šlykštus žmogus. Ne, gal vis dėlto nuskambėjo per žiauriai. Jis nėra blogas, bet labai šauniai moka nervinti visus aplink esančius. Kiek pašniurkščiojęs pradeda kalbėti:

– Kaip man gali sektis, kai čia viskas taip suknista? Darbo beveik nėra, atlyginimas visai prastas. Henrikas? Aa... gerai. Tik mokosi nekaip. Ir šiaip... man rodos, kad tavo brolis susidėjo su nekokia kompanija. Nors ką aš, vargšas senas neišmanėlis, galiu žinoti? Šiais laikais nieko niekada negali žinoti, ir išvis, kai pagalvo...

– A, o kas ten per draugai?

– Tai va, kad šiais laikais nieko negali žinoti...

– Tėti?!

– Ką, brangioji?

– Gali atsakyti į klausimą?

– Žinoma, kad galiu. Tai dabar ir darau. Tai va. Kaip jau sakiau, šiais laikais nieko negali ži...

– Gal gali jį pakviesti?

– ...noti. Ką pakviesti?

Jis kaip iš miegų atsikėlęs, atsikosti.

– Henriką.

– Kokį Henriką?

– Mano brolį Henriką, tėti! Tavo sūnų, mano brolį, po perkūnais!

– Tai Henriką pakviesti?

– Ne, Petrą!

– Ką? Taigi ką tik kalbėjai apie Henriką, čia jokio Petro nėra, nors... palauk, galiu pasižiūrėti.

Norisi verkti. Dabar suprantate, koks knisantis yra mano *tėtukas*? Jis bato aulas, ne daugiau! Tik nepagalvokit neteisingai. Mano tėtis, aišku, žmogus, bet kvailas *kaip bato aulas*.

– Nežinau, ar tu supranti, ką kalbi, nes atrodo, kad esi iš kito pasaulio ir...

Balta siena mane nervina, o tas vyras laido gale – dar labiau. Gaila, kad jis toli ir aš neturiu kokio kirvio ar plytos. O būtų gerai...

– Tai, ką aš ir kalbu. Man labai sunku. Mąstyti net neturiu jėgų, darbas mane išsunkia ir paverčia padarėliu iš kito pasaulio. Gal visose gamyklose taip yra? Manau, kad vadovybė nori mus paversti robotais. O gal jie ateiviai? Tikrai gali būti... O kad nepliurptume apie kažkokį Petrą, pakalbėkim apie Henriką. Taigi šiais laikais nieko negali žinoti...

– Tėti!

– Taip?

– Gali minutėlę manęs paklausyti?

– A...

– Ačiū. Taigi. Man viskas gerai, kiek gali būti. Tau, kaip matau, irgi, Henrikui, sakykime, daugiau mažiau taip pat gerai, jūs laimingi ir viskas čiki piki, ar ne?!

– Hmm...

– Taip, tai ir norėjau išgirsti. Taigi nežinau, ko tu norėjai, bet man jau nelabai rūpi. Parašysiu tau laišką, o tu atrašyk ir paprašyk, kad brolis ką nors parašytų. Sėkmės ir t. t.

Ir ragelis ramiai guli savo vietoj. Taigi. Kadangi negaliu nusišauti, einu miegoti. Atrodo, kad galva žiauriai išsipūtus ir prisirpus kaip pomidoras. Man bloga. O už sienos Monika kikena. Vis dar. Robertas žvengia kaip arklys. Na ir gerai.

Penktas

Man įdomu, ką jūs dabar norėtumėte iš manęs išgirsti. Įdomu būtų sužinoti, ar jums labai dabar nuobodu. Šiaip, jei ką, nesikankinkit, tikrai. Neklausykit manęs, jei nenorit, nes aš ne dėl jūsų visa tai pasakoju. Nuoširdžiai sakau, man norisi kalbėti. Man svarbu kalbėti. Dabar.

Taigi tęsiu.
Žinote, kai ką supratau. Supratau, kad vis dėlto anksti keltis, kad nueitum į mokyklą, nėra pats maloniausias dalykas. Va kai atsikeli iš ryto skaudančiais kaulais ir užtinusiomis akimis ir jautiesi, lyg tave būtų sumindę maždaug šimtas dinozaurų, ir dar supranti, kad tavo gyvenamuose namuose kažkas ne taip, ir dar pamiršai pasimokyti istorijos kontroliniam, va tada tikrai jau žinok, kad diena prasidėjo ypatingai! Pramerkiu akis ir norėdama įprastai jas išplėsti suprantu, kad to daryti nepajėgsiu. Niekaip, nes kai įtempiu akis ir jas išplečiu, atrodo, kad sprogs. Kai sėdu ant lovos krašto ir nusimetu antklodę, bandau keltis, matau, kad ir tai nebus paprasta. Šaltis krečia ir atrodo,

kad adatėlėm kas badytų. Ne, ne visai. Greičiau kuoka daužytų. Užsimerkiu ir bandau atsipalaiduoti. Kai pagaliau atsistoju, matau aplink save kiek besisukantį kambarį, bet po kelių sekundžių viskas nurimsta. Pažiūriu į veidrodį ir išsigąstu. Šį kartą – ypač. Aišku, aš visada krūpteliu pažvelgusi į savo atvaizdą, bet dabar pašoku tiek, kad sudaužau virš savęs kabančią lempą. Na, ne visai, bet esmė tokia pat. Akys paraudusios, veidas baltas, o randas tokiame fone atrodo dar baisiau nei įprastai. Iškišu liežuvį. Baltas. Parodau *fuck* sau pačiai ir nušlepsenu į apačią. Čia neįprastai tylu. Tik girdisi ant viryklės verdančio vandens šnypštimas. Tyliai įeinu į virtuvę. Pamačius languotą staltiesę pasidaro geriau. Monika stovi prie kriauklės ir plauna keptuvę, bėga tik mažytė vandens srovelė. Keptuvėje – firminis jos patiekalas – kepenėlės. Jeigu patiekalas, kuris ir šiaip man atrodo šlykštus, lėkštėje atrodo nekaip (Monikos dėka, žinoma), tai įsivaizduokit, kaip turėtų atrodyti tokio patiekalo tąsūs likučiai…

Ji linksmai kažką niūniuoja. Kiek nustembu, nes tai neįprastas vaizdas mūsų virtuvėje.

– Labas rytas, – subaubiu ir susiraukiu, nes kalbant skauda gerklę. – Ar viskas gerai? Tu tokia…

Kadangi nenoriu sakyti, jog ji neįprastai linksmai atrodo, reikia sugalvoti ką nors geresnio. Nespėju. Ji atsisuka. Staigiai. Nebeatrodo tokia linksmutė kaip ką tik.

– Kodėl turėtų būti kas nors ne taip? Man visada viskas gerai. Ir… esu labai laiminga ir… esu laiminga ir man viskas labai gerai. Kodėl kažkas turėtų būti ne taip? Man juk visada viskas labai gerai.

Į ją žiūrint darosi graudu. Ji kaip nesava, net balsas pasikeitęs. Atrodo, kad jai graudu, ir, deja, nesimato to jos džiaugsmo, spindulingai trykštančio iš akių ar dar kur. Ji kvailai nusiviepia ir tęsia toliau:

– Ir tikrai nesuprantu, kodėl tau atrodo, kad kažkas gali būti ne taip. Šiandien aš kaip tik jaučiuosi energinga ir žvali kaip niekad.

Man ir taip bloga, o kai dar prisideda ta plaunama keptuvė ir Monikos balsas, jaučiuosi kaip devintame danguje. Tik kai ji padeda dar ne visai švarią keptuvę prie kitų „švarių" indų ir užsuka čiaupą, pasijuntu kiek ramiau ir ausyse jau mažiau ūžia. Ji, atrodo, neranda sau vietos. Pasiėmusi skudurėlį šluosto dulkes. Šis reiškinys visų aiškiausiai rodo, kad kažkas ne taip.

– Va, sutepiau tau sumuštinių, – sako ji nežiūrėdama į mane, nes valo kažkokį spintelės užkampį.

Pažiūriu į sumuštinius. Man vėl pasidaro negera. Pilvą nemaloniai kutena. Tiesiog spoksau į staltiesę ir stengiuosi apie nieką negalvoti.

– Žinai, šiandien atsikėliau visa valanda anksčiau. Ir jau daug spėjau nuveikti. Ar nori arbatos? – paklausia manęs pagaliau atsitiesusi ir jau žiūrėdama į mane. – O, atrodo, nekaip išsimiegojai, ką?

– Mm… – net galvos nesugebu pakelti.

– Ką gi jau veikei naktį, kad dabar taip atrodai?

Kai mano tetulė ima juokauti, tai nors krisk ant žemės ir raitykis.

– Miegojau.

Monika kvailai vėpso, nes jai šis pokalbis, jei jį taip galima pavadinti, atrodo labai smagus.

– O su kuo gi taip jau miegojai?

Sunku net nupasakoti, kaip ji atrodo, kai juokiasi. Trumpai tariant, ji atrodo kaip žiurkytė. Nosis susiraukia, dantys išsikiša ir ji savo liesa rankute prisidengia burną. Vaizdas kraupus.

– Su Šleivium.

Jums, nežinantiems, pasakysiu, kad Šleivius – tai toks nemažas padaras, kažkas tarp meškino ir kiškio. Jis – vienintelis žaislas, kurį turėjau per visą gyvenimą, nes visų kitų baisiai bijojau. Ir gal dabar kiek bijau.

– O, koks įdomus vardas, – kikena ji.

Viskas vėl ima suktis, tik šį kartą smarkiau.

– Kas jis toks?

Ir vėl juokas.

– Mano žaislas, kas gi dar. Gyvūnas, – aš sakau ir pati nesuprantu, kam tai darau. Tai absurdiška.

– O, Severija, nežinojau, kad tau patinka gyvūnai. Žinai, aš tavo vietoj…

Oi, kaip jai juokinga… cha cha cha. Tuoj į kelnes prisišlapins. Jaučiu skrandžiu kylantį maistą. Matyt, tai vakarykščiai makaronai. Jaučiu, kad jau tuoj ve…

Visa laimė, kad pasiekiu tualetą. Šlykštu, jaučiu tuštumą skrandy ir matau vėmalus. Jaučiuosi išsekus ir noriu į lovą. Suprantu, kad greitai jos nepasieksiu. Vis dar girdžiu, kaip kikena Monika. Gal ji girta? Ne, gal greičiau kokia moteriška krizė. Matyt. Ji jau kelis kartus klausė, kaip man sekasi, nors aš tik penkias minutes čia. Kol prausiuosi ir svajoju apie lovą, kartu tikėdamasi, kad po dušo į ją nesinorės, nes jausiuos puikiai, Monika man pasakoja apie savo jaunystės sunkumus dėl plonų plaukų ir šlapimo nelaikymo (visiškai rimtai!), taip pat apie dabartinį darbą, vėliau pradeda apie politiką ir dar velniai žino ką. Kai užsuku vandenį, ji trumpam nutyla. Po kiek laiko suprantu, kad ji verkia. Labai tyliai. Man tai pasirodo labai keista, nes nesuprantu, kas vyksta. Dar prieš kelias sekundes ji garsiai čiauškėjo, o dabar va kaip… Šiaip jei ji ir verkdavo, kaip kad tą kartą seniai, verkdavo taip, kad išgirstų visas pasaulis, o dabar viskas ne taip.

Nenoriu išsiduoti, kad girdžiu ją verkiant, nes man pačiai nemalonu verkti prie kitų. Ji dar kiek paverkšlena, padūsauja ir tyliai sumurma:

– Ak, brangute, tiesiog nebežinau, ką daryti, – pravirksta kiek garsiau. – Iš tiesų aš nesijaučiu gerai. Man labai negera ir…

Po šių žodžių pasigirsta kurtinantis klykimas ar, tiksliau sakant, bliovimas. Ji užrauda kaip reikiant ir aš net kiek nusiraminu, nes suprantu, kad viskas ne taip blogai, kaip pasirodė.

– Gal kas atsitiko? – tyliai ir nedrąsiai klausiu žiūrėdama į veidrodį. Vis dar jaučiuosi lyg pritrėkšta.

– Gal kas atsitiko?! – žviegia mylimoji mano tetulė. – Jis vakar išėjo ir dar iki šiol negrįžo! Kaip manai, su kuo jis galėtų būti? Ką jis dabar, tavo manymu, veikia?

Manau, kad po tokio monologo jai taip pat pradės skaudėti gerklę (mažų mažiausia).

– Tik pagalvok, prisireikė mat jam eiti taip vėlai į darbą. Gal ir į darbą, bet…

– Kada jis išėjo? – atsargiai paklausiu.

– Kada? Iš kur aš galiu žinoti kada?

Girdisi, kaip girgžda koridoriaus grindys nuo greitų jos žingsnių.

– Dešimt po vienuolikos. Jis išėjo būtent tokiu laiku, gali patikėti?

Galiu lažintis, kad ir sekundes būtų pasakiusi, jei būčiau paklaususi.

– Negi tokios kontoros, kaip ta, kurioje jis dirba, veikia ir naktį?

Tikrai ne specialiai kurstau ugnį, man tiesiog įdomu. Monika dar garsiau užrauda.

– Žinau, kad jis manęs nebemyli. Jis turi kitą. Galiu lažintis, kad kokią gražuolę manekenę. Jis visada kartoja, jog jam patinka aukštos moterys, o ką aš tokia...

Jai tikrai negera. Ji kalba smarkiai pakeltu balsu. Man skauda galvą.

– Nekalbėk nesąmonių, gal jis...

Ir ką man sakyti? Ką? Visa tai yra absurdiškas suaugusiųjų reikalas.

– Gal jis išėjo pasivaikščioti ir... ir tik sakė, kad eina į darbą.

– Naktį? Pasivaikščioti naktį?! – jos balsas jau nusilpęs

– Vyrai, man rodos, kartais nei iš šio, nei iš to užsinori laisvės ir poilsio, – matot, kokia aš išmoninga? – Jis net man sakė, kad pamėgo pasivaikščiojimus šiuo metu. Aš, žinoma, nežinau...

Po tokių mano žodžių Monika: klykia, rėkia, verkia, rauda, tyliai verkšlena, tada vėl rėkia ir dejuoja. Vargšelė, dabar jau man tikrai nuoširdžiai jos gaila. Kaip žmogaus. Kaip nusigyvenusio žmogaus. Man įdomu, ar ji kada nors jautėsi laiminga. Sunku ją įsivaizduoti tikrai laimingą. Nuoširdžiai sakau.

Jaučiu, kaip vokai sunkėja, sunkėja ir užsiveria. Matau juodumą ir jaučiu, kaip užsnūstu. Geriau.

Nežinau, kiek tiksliai laiko taip guliu, bet kai atsibudusi pažiūriu į laikrodį, suprantu, kad ne mažiau nei valandą. Deja, nesijaučiu geriau.

Kodėl? Kodėl taip debiliškai persišaldžiau? Svajoju apie lovą. Atsisėdu, truputį trūksta oro. Peršti randą. Galva dilgčioja. Išėjusi iš vonios kambario, ant kėdės, prie lauko durų, randu raštelį, kuriame bjauriu Monikos raštu prikeverzota:

Nesuprantu, kas tau pasidarė. Nenuėjai į mokyklą. Ką ten veiki vonioj?

O kiek žemiau jau truputį gražiau parašyta:

Nesijaudink, man viskas gerai. Tikiuosi, tau irgi.

Tokia jau ta Monika. Kaip chameleonas. Aš jos negaliu suprasti. Niekaip. Kad ir kaip stengčiausi.

Kaip kvaila. Viskas, o ypač – gyvenimas. Gyvenimas yra kvailysčių rinkinys. Vieniems tos kvailybės geresnės, kitiems – blogesnės. Ir gyvenam taip, daug kvailių, tik skirtingi gyvenimai.

Taip pat nepaprastai kvaila yra susirgti. Šiaip jau daugelis, man rodos, džiaugtųsi gavę progą praleisti dieną namie, neiti į mokyklą. Bet aš, kad ir kaip nevirškinu mokyklos, negaliu pakęsti gulėjimo lovoje, kai šlykšti savijauta ir debiliškos mintys. Man baisu. Ypač dabar, kai guliu po šilta antklode ir vis tiek drebėdama linguoju pirmyn atgal ir nesijaučiu gyva. Taip, viskas dabar atrodo dvigubai kvailiau.

Jie nesiklausia, ar gali ateiti. Ne, jiems tai nerūpi. Suknisti prisiminimai patys, be kvietimo, ropoja man į galvą. Kaip maži vabaliukai. Ne, kur jau. Kaip didžiuliai vabalai. Kirmėlės ar dar kokie velniai. Tokie šlykštukai, kurie lenda ir siurbiasi į žaizdas. Tenka pripažinti, kad mano žaizda dar tikrai didžiulė. Ir tų šliužų labai daug. Ir aš, pati to nenorėdama, vėl pradedu prisiminti. Baisiausia, kad visi tie prisiminimai labai ryškūs. Lyg žiūrėtum filmą kokiame milžiniškame ekrane.

Prisimenu, kaip gera būdavo sirgti vaikystėje. Kaip aš džiaugdavausi sužinojusi, kad kitą dieną galėsiu praleisti lovoje ir niekur neiti! Net jei sunkiai sirgdavau, man niekada nebūdavo liūdna. Suprantu, kad skamba neįtikėtinai, bet aš taip viską prisimenu. Mama, kai sirgdavau, visada mane lepino. Nepaprastai. Nesvarbu, ar sunkiai sirgdavau, ar ne, ji neidavo į darbą. Bent jau pirmas dienas. Šiaip mama nebuvo pratusi manęs lepinti, užtat man sergant pasirodydavo visas jos motiniškas švelnumas ir rūpestingumas. Ji būdavo nuostabi. Aš jausdavausi svarbiausia pasaulyje.

Tačiau dabar, gulėdama lovoje su aiškiai nežema temperatūra, jausdamasi baisiai, suprantu, kad visa tai neišėjo man į naudą. Aš paprasčiausiai išlepau. Todėl dabar ir šluostausi sūrias ašaras ir jaučiuosi vieniša kaip niekad.

Kai iš pažasties išsitraukiu termometrą, jis rodo 37,8°. Tai šaunumėlis. Galva kiek sukasi, nesinori judėti, net į tualetą nesugebu prisiversti nueiti. Užsikaisčiau arbatos, bet neturiu jėgų. Sakau gi, kad viskas žiauriai kvaila. Nusisuku į sieną ir užsimerkusi stengiuosi matyti tik juodumą. Miegas – lyg ir geriausias išsigelbėjimas nuo visiškos beprotybės.

Šeštas

Lėtai pramerkiu kairiąją akį. Pamačiusi virš savęs Roberto galvą, prisiverčiu pramerkti ir dešinę. Jis kaip seklys Morka pasilenkęs virš manęs kažką tyrinėja. Atrodo nustebęs ir sumišęs. Aš net išsigąstu. Galvoju, gal tai vėjaraupiai ar dar koks galas. Nors ne, prisimenu, kad jais jau persirgau.

Pamatęs, kad prasimerkiau, Robertas lyg ir kiek nusiramina.

– Uch, kaip išgąsdinai.

Jis atrodo pamalonintas, kad aš teikiausi parodyti nors menkus gyvybės ženklus.

– Gal kas atsitiko? Kodėl tu ne mokykloj?

Pastebiu, kad jis su striuke. Žydra ir išsipūtusia. Jis prisistumia kėdę, stovėjusią kambario kampe, ir atsisėda. Pabandau pasirėmusi ant alkūnių pakilti, bet nesiseka. Nusivylusi dar labiau susisuku į antklodę ir tik kiek iškišu galvą. Krečia šaltis. Tingiu net prasižioti, bet kitaip, matyt, vargšelis Robertas nieko nesuprastų.

– Aš… – balsas skamba kaip šimtametės senulytės, todėl atsikrenkščiu. – Lyg ir susirgau.

Net kiek, kaip visada dirbtinai, pavyksta šyptelėti.

– Atsibudau ir supratau, kad jaučiuosi kaip po karo.

Gerklę baisiai skauda. Man kalbant Robertas gailiai ir susirūpinęs žiūri į mane pro savo akinius.

– Vargšele tu, vargšele... o... – Jo veidas truputį persikreipia ir atrodo dar juokingiau. Jis pasitempia ir nežiūrėdamas į mane suveblena: – O kur Monika? Manau, jos pareiga dabar būti čia ir rūpintis tavim, ar ne taip?

Jau buvau bepradedanti kažką sapalioti, kai staiga matau – mano kambario durys atsidaro. Pro jas įeina Monika. Dabar jau jie abudu atrodo „linksmi". Bet man nejuokinga. Labiausiai dabar noriu būti viena ir nieko negalvoti.

– Tą aš ir darau, – abejingai tarsteli tetulė ir pasilenkusi pabučiuoja man kaktą.

Susiraukiu, o ji dirbtinai dar labiau susirūpina.

– Tu aiškiai turi karščio, vargšele mano, – ji mane net paglosto.

Būtų malonu, jei nežinočiau, kad ji taip elgiasi tik tam, kad parodytų, kokia yra rūpestinga. Tikrai nežinau, kas rimta atsitiko tarp Monikos ir Roberto, bet jaučiuosi šlykščiai, būdama tarsi koks jų įrankis. Robertas taip pat jaučiasi nejaukiai. Man labai norisi dabar pat juos abu sviesti pro langą.

– Tuoj užkaisiu arbatos. Nupirkau citrinos. Arbata su citrina – geriausias vaistas ligoniui...

– Ne!

Monika dirbtinai šypso.

– Man geriau juodos.

Skauda gerklę ir vėl norisi verkti. O dar labiau – ką nors apkabinti. Net nesuprantu, kodėl dabar apie tai pagalvojau, bet atrodo, kad ką nors apkabinus pasidarytų daug geriau. Taip norisi vėl nusnūsti. Užsimerkiu. Kai du kartus išgirstu, kaip durys atsidaro ir užsidaro, suprantu, kad likau viena. Robertas nubėgo atgailauti. Galiu lažintis.

Kai vėl atsimerkiu, prie manęs stovi Monika su puodeliu karštos arbatos. Ji atrodo nusiminusi, o man dėl to nusispjaut. Aš, tik pamačiusi ją, vėl užsimerkiu. Neturiu jėgų ką nors sakyti ar daryti. Deja, ji mane supranta kiek kitaip. Prisėda ant lovos prispausdama man ranką ir pradeda pasakoti. Pasnaudžiu, prasimerkiu, išgirstu tik kelis žodžius, sakomus cypiančiu balsu, ir vėl užsimerkiu. Ir taip kokią valandą. Aš rimtai. Ji atliko man išpažintį.

Kiek galėjau suprasti, jie jau susitaikė ir ji net sakė, kad tai ji dėl visko kalta, nes vakar vakare ėmė jį kaltinti dėl to, kad rado pas jį pornografinių žurnalų. Ji sako, kad jis negerai elgiasi, bet juk tokie jau tie vyrai. Dar ji jam papasakojo, kaip kartais jis ją nervina sėdėdamas prie kompiuterio ir klausydamasis Šuberto. Taigi. Ir ji dar stebėjosi, kodėl Robertas vakar naktį išėjo. Man tai visiškai ne keista, kadangi žinau tą jos toną ir kalbėjimo stilių, kai pradeda aiškinti, kas jai nepatinka ir turėtų būti kitaip. Monika yra Monika. Robertas yra Robertas. Ir jie abu yra kvailiai. Visiški. Negražu, bet taip yra.

Monika turėtų džiaugtis, kad išvis koks vyras į ją žiūri. Šiaip ar taip, girdžiu apačioje Robertą švilpaujant „Nebaigtąją simfoniją". Jis keistas ir sunkiai suprantamas padaras.

Kai trečią kartą kilsteliu akies voką, suprantu, kad Monika jau baigė. Ir net geriau atrodo, išpažinusi man savo nuodėmes ir mintis.

Išgeriu juodą, aiškiai per karčią arbatą ir kažkokį neaiškų vaistą, kurį man atnešė Monika. Dėl to jau gailiuosi, nes negaliu dabar žinoti, ar dar atmerksiu savo apsunkusias akis. Dabar man niekas nerūpi. Tik labai norėčiau, kad šalia būtų koks nors žmogus, kuris nuoširdžiai galėtų manimi rūpintis. Ir vėl užsimerkiu. Sapnuoju labai keistą sapną.

Aš guliu kažkokiame upelyje. Vanduo ledinis, bet man labai gera. Upelis seklus, ir aš guliu ant nugaros rankas sunėrusi už galvos. Prisimerkusi viena akimi žiūriu į saulės diską. Ir juokiuosi. Taip. Nuoširdžiai, garsiai juokiuosi ir jaučiuosi taip, kaip jausdavausi kažkada labai seniai. Kad ir koks šaltas upelio vanduo, man nepaprastai šilta ir neapsakomai gera. Atsisėdu. Žiūriu į savo sukryžiuotas kojas vandenyje. Nužvelgiu save. Atrodau labai gražiai. Net neprisimenu, kada paskutinį kartą buvau su maudymosi kostiumėliu. Paliečiu skruostą ir dar kartą garsiai nusijuokiu. Suprantu, kad rando nebėra. Jaučiuosi puikiai. Daug švaresnė.

Įkvepiu oro ir jaučiu miško kvapą.

Tada suprantu, kad tai negaliu būti aš. Nes viskas per daug netikra. Per daug netikra net sapnui. Tada pažiūriu į mišką. Ir ten pamatau mamą. Iškreiptu veidu. Ji atrodo kraupiai. Ir sapne pasijuntu taip, kaip iš tikrųjų jaučiuosi gyvenime. Aš imu rėkti, o paskui tik pajuntu ašaras ant savo skruostų ir pagalvės.

Kai suprantu, kad tai buvo sapnas, pasijuntu labai keistai. Kai susivokiu, nors ir tebeverkdama, man pasidaro pikta. Ant visų. Ir visko. Kad ir kaip būtų keista, šią minutę nejaučiu pykčio mamai. Aš, žinoma, suprantu ir… man pikta ant savęs. Pikta, nes suprantu, kad pati viską sugadinau. Sapnas buvo daugiau nei nepaprastas. Jis buvo nerealus ir todėl toks brangus, o aš pati jį sugadinau. Sugadinau, nes esu kvaila. Ir sapne buvau tokia. Pirmą kartą suvokiu ir pati sau pripažįstu, kad dėl mano kaltės toks yra dabartinis mano gyvenimas. Gyvenimas be juoko ir ramaus mąstymo, miego ir šypsenų. Kodėl aš tokia kvaila? Tik pati esu kalta dėl nuolatinių savo ašarų. Mama dėl to nekalta. Nes ji nepadarė nieko bloga. Ji tiesiog tokia tapo. Ir viskas. Juk ji spėjo man parodyti viską, kas gražiausia.

Deja, taip galvoju neilgai. O verkiu ilgai. Atsiprašau, kad jums vis tai sakau, – manau, jau spėjau jus tuo užknisti.

Dabar jau man galvą skauda ne dėl ligos, o nuo ašarų. Net susirietus į kamuoliuką nepagerėja. Norisi vemti. Kirmėlės graužia mano žaizdas. Nežinau, kodėl būtent dabar. Būtent šiandien. Kodėl būtent praėjus dvejiems metams? Kodėl ne anksčiau? Kodėl ne rytoj ar ne kitais metais? Niekaip negaliu to suprasti, kaip ir labai daug kitų dalykų savo gyvenime ir apskritai pasaulyje. Viskas yra per daug kvaila. Per daug sunku suprasti. Per daug skaudu.

Pateiksiu dar vieną palyginimą, kuris gal jums padės geriau suprasti pastaruoju metu mano galvoje plaukiojančias mintis. Padės suprasti (gal), kad tai, ką sakau jums, nėra visiška nesąmonė ir kad to nesakau tik tam, kad jums būtų įdomiau. Tiesiog manau, kad jums dabar viskas turėtų atrodyti juokinga. Turiu galvoje tai, jog supratau, kad man atsibodo toks mano gyvenimas. Noriu, kad žinotumėt, kad tai įmanoma ir taip kartais būna. Gali būti, kad jums nebus aiškiau, o tik dar labiau susipainiosite. Už tai iš anksto atsiprašau.

Taigi. Atsikeliate, pavyzdžiui, šeštadienio rytą ir einate praustis, paskui pusryčiauti, o dar vėliau, sakykime, važiuojate pas sergančią močiutę, kurią privalote aplankyti, o vakare vaikščiojate miške. Ir taip jūs darote kiekvieną šeštadienį (žinoma, būna ir išimčių, bet tik tokių kaip gimtadieniai, laidotuvės, kitos šventės, tfu, tai reikėjo pasakyti prieš laidotuves). Aš suprantu, kad jūs šeštadieniais taip nesielgiate, bet galite pritaikyti tai kitoms dienoms ar kitiems dažnai besikartojantiems įvykiams. Tiesiog toks pavyzdys pirmas šovė į galvą (suprantu, kad per daug aiškinuosi jums ir jaudinuosi, ar jūs mane suprasite, manau, taip nereikia elgtis. Pasistengsiu).

Ir taip vieną šeštadienį jūs atsibundate ir einate praustis. Stovite po dušu ar gulite vonioje ir galvojate: „Palaukit, o ką aš šiandien veiksiu?.. A, juk šiandien šeštadienis..." Ir va būtent tą dieną jūs susimąstote, kodėl kiekvieną šeštadienį turite elgtis taip pat. Gerai, močiutė tai močiutė, bet visi kiti veiksmai, kodėl jie būtent tokie? Ir jums atrodo, kad viskas apsivertė, nes jūs prisiminėte, kad gali būti ir kitaip. Jums net pasidaro dėl to daug geriau ir jaučiatės laimingas žmogus. Tada sau griežtai pasakote: „Ne! Užteks, šį šeštadienį nuveiksiu ką nors neįprasta". Jums vėl pasidaro gera ir linksma. Veikiate ką nors visiškai nauja, pavyzdžiui, einate į baseiną ar panašiai. Jaučiatės puikiai.

Tačiau kitą šeštadienį jūs nusprendžiate elgtis kaip visada, nes taip reikia, nors ir nelabai norite. Net pažadate sau, kad dar kitam šeštadieniui sugalvosite ką nors nauja. Jūs stengiatės – vieniems išeina, kitiems nelabai. Tiems, kuriems sekasi keisti tai, ką nori, reikia laiko, nes antraip nieko nebus, nebent verčia aplinkybės. Juk, šiaip ar taip, nelengva atsikratyti senų įpročių.

Taip, taip, sviestas sviestuotas. Sakinys paaiškinti: kartais visiems norisi permainų, bet ne taip lengva greitai jas padaryti.

Iš tikrųjų mano situacija kitokia, bet vis tiek. Ai, man rodos, čia išėjo tikra maišalynė, tikiuosi, atleisite.

Ir šį rytą atsikėlusi dėl viso to jaučiuosi keistai. Nes pasidaro įdomu, ar gebėsiu bent kiek ką nors pakeisti. Kvailiausia, kad pati nesu įsitikinusi, ar to tikrai noriu.

Atsisėdu lovoje ir apsižvalgau. Kambarys netvarkingas, ir tai man patinka. Ant grindų mėtosi šilta antklodė, ant staliuko prie lovos stovi nebaigta gerti vaisinė arbata (penktas puodelis per vakar dieną) ir prakąstas sumuštinis. Ant stalo guli knygų krūva ir dažai, kuriuos neseniai man nupirko Monika. Ji to norėjo, ne aš. Net visas kambarys nemaloniai pradvisęs ja. Vakar ji aiškiai per daug čia prisibuvo. Galva dar kiek sukasi, o gerklę, nors ir mažiau, dar perši.

Kaulų jau neskauda. Džiaugiuosi. Bet atsistojus pasidaro silpna. Prieinu prie lango ir atitraukiu Monikos užtrauktas užuolaidas. Velnias. Prisnigo. Aš rimtai! Net nežinau, tai gerai ar blogai. Tenka pripažinti, kad apsnigti namų stogai atrodo labai gražiai ir mielai, bet man kiek pikta ant žiemos. Pikta, nes ji visada pasirodo ne laiku. Kai visiškai jos nelauki ir nesitiki. Kai jau pradedi laukti pavasario, ji išlenda iš už kampo ir rodo liežuvį. Na ir gerai.

Vakar dieną prisimenu miglotai.

Suprantu, kad taip ilgai neišstovėsiu, ir vėl nusvirduliuoju į lovą. Žiūriu į lubas. Jos sukasi. Man tai visai patinka. Iš po lovos išsitraukiu veidrodį. Jis viršuje, dešinėje pusėje, truputį įskilęs. Man jis labai mielas. Rėmeliai raudoni su juodais taškučiais. Nuostabus veidrodėlis. Tai mano senelio dovana. Mano tėčio tėčio, kurio gerai nepažinojau, bet man jis visai patiko. Jis buvo dailininkas, bet nebuvo nei garsus, nei tikrai geras. Bet dovanas dovanodavo tikrai šaunias. Senelio dovanos man visada buvo mieliausios. Jis mirė prieš metus ir aš pirmą kartą pamačiau tokį laimingą mirusį žmogų. Žinoma, nedaug prieš tai mirusių buvau mačiusi, bet vis tiek. Jis atrodė laimingesnis, nei būdamas gyvas. Ir aš neverkiau. Visiškai, nes žinojau, kad jis laimingas. Man to užteko.

Visos jo nepakartojamos dovanos būdavo raudonos ir su juodais taškučiais. Bent koks daiktelio kraštelis būdavo toksai. Tai buvo mėgstamiausias jo ornamentas ir firminis ženklas, galima sakyti. Senelis man kartą papasakojo, kodėl jam taip patinka raudona ir juodi taškučiai. Gerai prisimenu, tada buvo karšta, buvo vasara ir mes sėdėjome jo namelio, kažkur miške, svetainėje. Senelis papasakojo, kad kai pirmą kartą pamatė senelę (ji mirė praėjus dešimt metų nuo jų vestuvių), ji vilkėjo raudona suknele su juodais taškučiais. O jis ją labai mylėjo. Labai labai. Aš net nepažinojau senelės, bet žinojau, kad ji buvo nuostabi. Senelis vienas užaugino mano tėtį ir buvo nelaimingas. Jis dažnai ją prisimindavo. Žinot gi, kaip seni žmonės mėgsta kalbėti.

Va, o dabar žiūriu į senelio dovanotą veidrodėlį. Skruostai jau kiek paraudę, bet randas vis dar atrodo nekaip. Man pasidaro liūdna, nes jaučiuosi negraži. Randas daro savo. Rusvi plaukai susiraitę ir išsitaršę. Mažos garbanėlės, jei jas taip galima pavadinti, atrodo klaikiai. Nebenoriu žiūrėti į save. Šalta. Palendu po antklode ir kvėpuoju tankiai, nes taip šilčiau. Girdžiu, kaip atsidaro durys. Iškišu galvą ir pamatau kaip visada juokingai persikreipusį ir neproporcingą savo tetos veidą. Gerai. Susilaikau nesuklikus. Patikėkit, net didžiausiam savo priešui nelinkėčiau tokio vaizdo iš pat ankstaus ryto.

– Labas rytas, Severija.

Šiandien ji nusiteikusi dalykiškiau. Išpažinties nebus. Džiaugiuosi. Ji net rūpestingos nebevaidina. Monika su savo darbo kostiumėliu. Negrabiai pasidažiusi, o rankoje laiko plaukų šepetį, kuriuo ruošiasi šukuoti savo nutriušusių plaukų liekanas.

– Tikiuosi, jautiesi geriau. Skambinau gydytojui. Sakė, kad ateis tavęs apžiūrėti apie antrą, – ji susimąsto, – o gal trečią... na, nesvarbu.

Senstam, teta Monika, senstam. Į senatvę ir sklerozė aplanko. Taip, taip.

– Hm, – linkteliu galvą. – Tavęs nebus? Eini į darbą?

– Žinoma, einu!

Vaje, neduok Dieve, pavadinsi Moniką nedirbančiu robotu, tai šoks iš karto į atlapus. Aš dar kartą palinksiu galvą.

– Gerai.

– Jei gydytojui bus kas neaišku, duok mano telefono numerį, nors... aš vis tiek jam paskambinsiu vakare pasiteirauti.

Ji net šypteli. Ar aš sakiau, kad ji nebevaidina rūpestingos? Klydau, atsiprašau. Aš jos neatpažįstu. Apsidairau, Roberto nėra, tai prieš ką ji taip stengiasi pasirodyti? Gal nuo manęs apsikrėtė? Taip, matyt, karščiuoja.

– Nemanau, kad man reikia daktaro, bet... gerai.

Taip pat dirbtinai šypteliu.

– Kaip?!

Ji atrodo nuoširdžiai nustebusi.

– Tau nereikia daktaro? Atsiprašau, tai gal... nori pasakyti, kad aš čia dėl savęs jį kviečiu, ar ką? Tu geriau džiaukis, kad...

Jos akys žaižaruoja. Štai ir mano tetos geriausioji pusė.

– Ne, aš tik taip...

– Kaip tu apskritai gali taip kalbėti su manim? Aš galė-
čiau dabar pat išsiųsti tave į mokyklą ar...

– Bet aš sergu ir neinu į mokyklą ne todėl, kad ne...

– Kokia akiplėša! Tu nieko nesuvoki apie tikrą gyveni-
mą. Nežinai, kas gyvenime yra svarbiausia. Ar žinai, kad
pagrindinė gyvenimo tiesa yra gerbt...

– Man skauda galvą.

Į ją nežiūriu. Per daug pikta ir juokinga vienu metu. Du-
rys užsidaro, ir aš vėl lieku viena tysoti lovoje. Ramu. Kaip
gera. Aš jos nesuprantu.

Po dešimties minučių iš apačios išgirstu malonų Moni-
kos balsą:

– Iki greito, Verute!

Ir plėšyk tu ją į gabalus, kad nori. Kvailas ir nesupranta-
mas dalykas.

Septintas

Dabar dangus jau pragiedrėjęs ir atrodo nepaprastai. Dangus nėra tiesiog giedras. Nėra tiesiog mėlynas. Atrodo, kad žiūriu į kerimą paveikslą. Atsisėdu ant palangės su visa savo įkaitusia antklode. Nepatogu, nes vis slystu nuo palangės, bet labai gera priglausti skruostą prie lango stiklo. Ne tik stebuklingas dangus, bet ir juokingi, maži, netaisyklingi debesys. Man patinka į juos žiūrėti. Net sniegas, jau beveik ištirpęs, atrodo nepaprastai gražus. Jis blizga, mielas ir minkštas. Norėčiau suritinti sniego senį. Labai norėčiau. Deja, šiuo metu tikrai negaliu, nes jaučiuosi, švelniai tariant, nekaip. Žiūriu pro langą ir dar kartą suvokiu, kad noriu ko nors naujo. Pagalvoju apie viską ir vėl pasidaro bloga. Noriu, kad viskas būtų kitaip.

Man nepatinka daktarai. Ir tikrai nenoriu, kad ateitų koks šundaktaris ir mane apžiūrinėtų. Nors ir suprantu, kad tai jo darbas ir jis nori man tik padėti, vis tiek. Laikosi nelabai aukšta temperatūra, nemanau, kad rimtai susirgau. Tikiuosi, kad tai tik kvailas peršalimas. Nekenčiu. Man nepatinka taip jaustis. Ne tik dėl sveikatos. Man patinka, kai viskas būna aišku ir paprasta. Bet taip jau seniai nebuvo. Nieko. Matyt, taip jau turi būti ir nieko čia nepadarysi.

Vėl pažiūriu į dangų ir net atrodo, kad man gera. Viduje jaučiu kažkokį jaudulį. Žiūrėdama į dangų. Tai man patinka.

Ko reikia, kad aš pasikeisčiau? Kad, pavyzdžiui, galėčiau galvoti apie mamą ir šypsotis. Jokiu būdu neverkti. Kad būtų taip, jog po kiek laiko net jausčiau, kad galiu ją pamatyti... Ne, to greit tikrai nebus... net nežinau. Apsidairau. Po lova pamatau apverstą dėžę. Raudoną su juodais taškučiais. Senelio įtaka. O prie dėžės guli diktofonas. Giliai įkvepiu.

Kai nulipu nuo palangės, vėl pasidaro kiek silpna. Atsisėdu ant lovos. Pasilenkiu. Nežiūrėdama greitai išsitraukiu diktofoną. Ir vėl: senas, senų daiktų kvapas. Net paprastas mažas diktofonas skleidžia šitą kvapą. Patrinu jį į pižamos rankovę. Jis apdulkėjęs. Kartu tikiuosi, kad ir kvapas išnyks. Įdomu, ar jūs žinote, koks yra senų daiktų kvapas. Jis, aišku, būna skirtingas, bet ar suprantate, ką aš jaučiu kvėpdama tokį kvapą – praėjusio gyvenimo kvapą? Tai labai sunku paaiškinti, bet tai... tiesiog nepaprasta. Iš tiesų nemanau, kad tas kvapas gali išnykti, nė iš vieno daikto, iš kurio lenda milijonai tų šliužų, norinčių graužti mano žaizdą ir skaudinti. Bet, pagalvoju, jei aš noriu, kad viskas būtų kitaip, turiu stengtis nematyti tų graužikų.

Paspaudžiu reikiamus mygtukus. Tyla. Aš dar kartą giliai įkvepiu ir susirangau lovos kampe. Gurkšteliu jau atvėsusios arbatos, sušniurkščiu nosimi ir vėl mąstau, kaip viskas kvaila.

Man atrodo, kad viskas net per daug kvaila, kad apie tai kalbėčiau. Bet kadangi viskas yra kvaila, jei nekalbėčiau apie tai, vadinasi, tylėčiau. O tylėti man atsibodo. Labai. Tylėti kitiems, bet nenutilti sau. Tai baisu. Nežinau, ar kas nors gali mane suprasti. Bent truputį. Net nežinau, ar teisinga iš kitų to tikėtis, bet kartais labai norisi. Gal ir yra kas nors, kas mane supranta. Bet jis tyli. Kodėl? Žinau, kalbu neprotingai, bet kitaip neišeina, jaučiuosi pavargusi. Vakar sapnavau keistą sapną. Jis buvo nepaprastai malonus. Aš jame jaučiausi taip, kaip seniai nesijaučiu gyvenime. Bet kai atsibudau, jaučiausi klaikiai, nes sapnas nesibaigė taip, kaip prasidėjo. Nežinau kaip pasakyti, bet žinau, kad galėjau ką nors padaryti, kad jis baigtųsi kitaip. Nelaimė, aš nemoku savęs valdyti sapne. Baisiausia, nemanau, kad ir gyvenime būčiau pasielgusi kitaip. Nes ir dabar, kai paminėsiu mamą, apsiverksiu.

Nes kitaip nemoku.

Kai balsas dreba ir pro ašaras negaliu matyti prieš save esančios sienos, jaučiuosi kvailai. Prieš įjungdama šį aparatą pažadėjau sau, kad neverksiu. Atleiskit, kad turite tūkstantąjį kartą klausytis apie mano ašaras. Tikrai atsiprašau. Padedu diktofoną ant staliuko ir užmerkiu dar drėgnas akis. Nenoriu sapnuoti, bet šiandien jau pavargau galvoti. Turiu pailsėti. Viskas taip vargina.

Staigiai pašoku ir iš pradžių nelabai suprantu, kas vyksta. Karas? Ne. Durų skambutis? Taip, taip, tikrai. Drebėdama sunkiai nušlepsiu prie durų. Atidarau. Velniava, visai pamiršau šundaktarį! Nužvelgiu save. Laisvos pižaminės kelnės persisukusios, susiglamžiusios ir atrodo kaip iš šiknos ištrauktos (atsiprašau), o segdamasi marškinius praleidau vieną sagą. Greitai pažiūriu į veidrodį. Siaubas. Plaukai susivėlę. Apie randą nekalbu.

Taigi. Kaliausė stovi prieš dvimetrinį gydytoją, kuris atrodo labai rimtas.

– Laba diena, – tyliai sumurmu glostydama plaukus.

– Laba diena, panele, – aiškiai ir lėtai taria jis.

Rankoje jis laiko popierėlį.

– Ar jūs esate Severė?

– Aš Severija, – taip pat aiškiai pasakau ir pakviečiu jį užeiti.

– Severė. Koks gražus ir įdomus vardas, ar tai...

– Mano vardas Severija, ne Severė, – „maloniai" nusišypsau ir pakabinu jo paltą.

Dėdė gydytojas atrodo juokingai ir kvailai. Jis mažiausiai dviejų metrų. Pėda, pastebiu, taip pat metrinė. Juodi džinsai truputį per trumpi ir per daug aptempti. Megztinis su didžiuliu miegančiu katinu. Veidas ištįsęs, ant nosies, be akinių, dar pūpso didžiulis apgamas. Plaukai šviesūs ir susivėlę. Nusivedu į savo kambarį ir iš karto susivokiu, kad nereikėjo to daryti. Atsiprašau už netvarką. Jaučiuosi dar truputį apkvaitusi nuo miego.

– Na, kuo skundžiatės?

Balsas aukštas, skambus ir plonas. Jis sėdi ant kėdės išsikėtojęs ir tai man labai nepatinka, nes, kaip jau sakiau, jo džinsai per daug aptempti. Aš kukliai sėdžiu ant lovos. Labai norėtųsi atsigulti.

– O jums mano teta nesakė?

Gal ir nelabai gražu taip klausti, manau, kad jis viską turėtų žinoti, nes Monika, patikėkit, su vyrais gali būti labai kalbi. Netikiu, kad ji jam nepapasakojo kiekvienos smulkmenos apie mano savijautą. Jis, atrodo, kiek susinervina. Pasitaiso akinius ir įkvepia oro burna.

– Jaučiuosi peršalusi. Skauda gerklę, silpna, temperatūra vakare buvo 38, o dabar – 37,5.

Jis man pasirodo grėsmingas. Nenoriu rizikuoti, todėl viską greitai susakau.

– Aha...

Gydytojas pažiūri tiesiai man į akis. Mane net nupurto šaltis.

– Prašau atsistoti, – garsiai pasako ir pats atsistoja laukdamas, kad padarysiu tą patį. Aš tai ir padarau. Prieš jį jaučiuosi kaip nykštukas. Jis išsitraukia tą prietaisą, kuriuo gydytojai klauso širdies – man rodos, jį vadina stetoskopu.

– Nusirenk, – garsiai ir aiškiai.

Taip, taip, ir man akys iššoka ant kaktos. Dieve, kaip aš išsigąstu. Jeigu jis dabar mane išprievartaus? Aaa... Ką man daryti? Niekada joks gydytojas, norėdamas paklausyti, kaip plaka mano širdis, neprašė nusirengti.

– Ką?!

Jis kiek sutrinka.

– Norėjau pasakyti: atsisek marškinukus. Ir baik čia juokus, aš juk gydytojas. Kaip kitaip paklausysiu tavo plakančios širdutės?

Daktariūkštis net nusišypso. O taip! Jam gal ir smagu. Bet man, patikėkite, nė kiek. Jis baisus. Gąsdinantis. Maniakiškas. Atsisegu marškinius ir lieku stovėti prieš jį su peršviečiamais baltais apatiniais marškinėliais.

Ne tik tas stetoskopas ledinis, bet ir jo rankos labai šaltos. O man nepatinka, kai mane liečia nepažįstamo vyro rankos. O kam patiktų?!

Pasijuntu ramiau tik vėl sėdėdama su marškiniais ant lovos. Neįdomu. Jis daug klausinėja. Ir daug kalba. Galiausiai pareiškia, kad mažiausiai savaitę dar neisiu į mokyklą, nes dabar labai pavojinga, kadangi daug kas serga. Net nežinau, ar džiaugtis dabar, ar ne. Visai neblogai pailsėti nuo mokyklos, bet ne visą savaitę! Ir ne su tiek minčių, kiek turiu aš. Geriau gal nusišauti.

Šundaktaris duoda vaistų dėžutę, vitaminų, palinki sėkmės ir dar papasakoja, kaip blogai yra sirgti, ir dar, kad jo dukrelė dabar irgi serga, o brolio žmonos pusseserės draugė praeitais metais mirė nuo gripo komplikacijų. Taip pat spėja papasakoti apie daugelį kitų mirtinų ligų ir kaip galima jomis susirgti, kaip blogai jomis sirgti ir t. t., ir pan.

Kaip gera vėl atsigulti į lovą. Ir kaip gera, kad tas dvimetrinis šundaktaris kvailu balsu jau išėjo. Gera užsimerkti ir nematyti nieko. Tiesiog juoda. Man patinka.

Pasidaro truputį liūdna ir pikta ant savęs, kad pamiršau savo mėgstamiausią languotą staltiesę. Dabar ji švari. Man atrodo, kad jai liūdna. Priglaudžiu skruostą prie jos. Tikiuosi, jai nuo to geriau. Didelis puodas karštos arbatos. Pasilenkiu virš jo. Garai glosto veidą. Man karšta ir malonu. Arbatoje matau savo atvaizdą. Juokinga. Sninga stebuklingai. Vėl. Šlapiom snaigėm. Gurkšteliu arbatos. Karšta juoda arbata. Man patinka. Ne per stipri. Tokia kaip turi būti. Ir tik su puse šaukštelio cukraus. Tokia yra *mano* arbata. Karštas, deginantis gurkšnis greitai teka gerkle. Pastumiu puoduką. Paglostau staltiesę. Aš jaučiu, kad ji yra kitokia. Taip, žinoma, labai juokingai turėtų jums atrodyti, kai aš taip kalbu apie staltiesę. Paprastą languotą staltiesę, bet man ji patinka. Labai. Nes ji man šypsosi.

Pro langą matosi mažas baltas kalniukas. Matau, kaip nuo jo čiuožia keli vaikai. Kaip mamos tampo vaikų rogutes. Matau, kad joms gera. Vaikams taip pat. Jie visi šypso-

si ir atrodo be galo laimingi. Net kai vienas berniukas nu-
virsta nuo rogučių, veidu į sniegą, niekam nuo to nepasi-
daro blogiau. Jie geba nekreipti dėmesio į smulkmenas.
Bent jau dabar. Bent jau šiandien. Šypsosi. Manau, kad
nuoširdžiai. Man patinka juos tokius matyti. Gera žinoti
ar bent manyti, kad nedaug yra tokių žmonių kaip aš. Kad
daugiau yra tokių kaip jie. Gerai, bet kiek pavydu. Kodėl
aš negaliu būti kaip jie?

Girdžiu kažką rakinant duris. Keista. Monika dar turėtų
būti darbe. Durys atsidaro, ir girdžiu gilų Roberto šnopa-
vimą. Džiaugiuosi, kad tai jis. Keista, kad kelia tiek mažai
triukšmo. Iš menkų jo skleidžiamų garsų net atrodo, kad
jis specialiai stengiasi nekelti daug triukšmo. Girdžiu, kaip
nutipena į kambarį. Aš taip pat nuslenku iki kambario.

– Labas, Robertai, – net pati save nustebinu tokiu džiu-
giu pasisveikinimu.
Jis atrodo labai nusiminęs. Toks *tikrai* nusiminęs. Kaip
mažas berniukas, neturėdamas su kuo žaisti. O kai išgirsta
mane, krūpteli ir atrodo nustebęs.
– Ką tu čia darai? Kam lagaminas ir visi šitie daiktai? – ir
aš nustembu.
– Aš…
– Tik nemeluok. Geriau nieko nesakyk.
Jis nuleidžia galvą.
– Aš galiu Monikai nieko nesakyti. Tikrai. Man visiškai
nesvarbu, tik įdomu. Ir net manau, kad turėčiau teisę ži-
noti… atostogos?
– Aš… nežinau, kaip tau pasakyti.
– Palieki ją?

Jis atrodo nustebęs ir kartu laimingas, kad pačiam to neteko iškloti. Jaučiau, kad kažkas ne taip. O dabar suvokiu, kad jau visai ne taip.

– Iš tiesų nemanau, kad reikėtų būtent taip pavadinti...

– Ai... nereikia čia smulkintis. Tiesa yra tokia. Meti ją, ir tiek. Kas čia baisaus? Aš juk pažįstu Moniką.

– Neturėtum taip apie ją kalbėti, – ir vėl tas pats. – Žinai, aš tiesiog... pavargau, taip...

– Ta prasme... nori miego? Man išeiti?

– Ne, ne tai turėjau galvoje. Pavargau nuo viso šito.

– O taip... ir aš nuo Monikos pavargau. O kas nepavargtų.

– Ne tik nuo Monikos. Aš nebežinau, ko pats noriu. Nežinau, ar dar ją myliu.

– Tai jau tikriausiai, kad myli, tik šiaip ją palieki.

– Man reikia susivokti.

– Man irgi.

Prisimenu, kad esu ligonis, nes pasijuntu nusilpus. Pažiūriu į rūbų krūvą ant lovos. Paskui į jį. Visa tai liūdnai juokinga.

– Gyvensiu pas draugą. Bendradarbį.

– Žinai, manau, kad gerai darai.

Padedu galvą ant jo peties, nes kitaip, atrodo, jos neišlaikysiu. Jaučiu, kaip jis giliai kvėpuoja.

– Tikrai?

Jis šypteli. O aš tikrai taip galvoju, nes nemanau, kad Robertui su Monika yra gerai. Nemanau, kad jis laimingas, tai kam tada kankintis?

– Bėk, kol gali. Tikrai. Susirask kitą. Tokią, kuri tau tiktų. Ir būtų tau mergina, o ne motina.

Tiesą sakant, nelabai įsivaizduoju merginą, kuri *tikrai* tiktų Robertui. Net nežinau, ar tokia gali egzistuot. Na, turėtų, gal...Tiek jau to. Nutylėsiu.

– Hm...

Jis sėdi užsigalvojęs.

– Supranti, juk tai nebuvo trumpa draugystė ir panašiai... tai buvo tikra meilė. Kaip aš galiu taip elgtis? Aš tikrai paršas.

Man pasidaro baisu, nes suprantu, kad jis gali negyvai užsigraužti. Jis atrodo toks vargšas, net graudu. Ir kai pagalvoju, suprantu, kad tai, jog jis nori ją palikti, tikrai nėra toks paprastas dalykas. Na, tai... išsiskyrimas.

– Svarbiausia, turi jos palaukti ir viską pats pasakyti. Tik turėsi pasiruošti laikytis tvirtai ir jos neišsigąsti.

O Monikos išsigąsti labai lengva.

– Gerai sakai. Negaliu išeiti jai nieko nepasakęs.

Va koks šaunuolis. Vis šis tas nutarta. Bet man vis dar neaišku.

– O... aš visai nieko nesuprantu. Juk jūs vakar susitaikėte. Ir tu pats to norėjai, ar ne taip?

– Taip, bet... patikėk, aš irgi savęs nesuprantu. Susitikau su draugu. Pakalbėjom. Aš jam viską papasakojau, nors jis ir taip beveik viską žinojo. Ir jis man padėjo suprasti, kad nesijaučiu laimingas su ja. Jis sakė, kad su juo jausčiausi daug laimingesnis.

Po šių žodžių aš visiškai sutrinku, nes, sutikite, jie nuskambėjo dar ir kaip įtartinai.

– O... mm... kokie jūsų santykiai, su tuo vaikinu?

To klausdama jaučiuosi kaip kokia mokytoja, bet juk reikia išsiaiškinti.

– Jis mano draugas. Labai labai geras...

Robertas atrodo laimingas.

– O... kas tau yra, tai yra buvo, galima sakyti, Monika?

Jis nustemba ir kiek suraukia antakius.

– Na, mergina... matyt.

Uf, nusiraminu. Matyt, ne taip būsiu supratusi. Tikėkimės, kad tas jo draugas tikrai yra tik draugas, o ne vaikinas, kad ir kokie įtartini man jų santykiai atrodo iš Roberto kalbos. Atsikvepiu.

– Žinai, aš eisiu į viršų. Noriu prigulti, nekaip jaučiuosi, o tu palauk jos...

– O ne!

Aš krūpteliu.

– Koks aš kiaulė! Visai pamiršau, kad sergi.

Jis net susigriebia už galvos.

– Greitai bėk į lovytę, kitaip bus blogai.

Juokingas žmogelis tas mano „dėdė" Robertas. Išslenku iš kambario ir svarstau, ar sugebėsiu užlipti laiptais.

Sugebu. Ir net gan greitai. Jau sėdėdama šiltai apsimuturiavusi lovoje, girdžiu iš apačios Šubertą. Išsitraukiu diktofoną ir tikiuosi, kad viskas baigsis gerai. Naivuolė aš, ar ne?

AM... Juokinga, keista ir kartu liūdna pranešti, bet... man skauda galvą... amm. Ne, ne tai noriu pranešti. Man rodos, kad šiandien vyksta kai kas įdomaus. Namuose. Monikos ir Roberto. Tikrai. Jis pareiškė, kad išeina. Na, nepareiškė. Bet aš supratau, kad tai nori padaryti. Jis nebuvo ryžtingas, bet, na, aaa, Robertui tai daug. Man liūdna, kad gal jo nematysiu. Bent taip dažnai, bet šiaip džiaugiuosi. Monikos negaila. Pradvisusi ka...

Man reikia pagalvoti apie visą šitą mėšlyną. Įdomu, kas bus.

Išgeriu vaistus, pono dėdės šundaktario paskirtus. Miego nesinori. Keista. Bandau užsimerkti ir užsnūsti, bet negaliu. Jaučiu, kaip karštis po truputį krinta. Gerai. Vartausi lovoj, ir tiek. O ką dar man daryti?

Dabar jau geriu per vėsią ir per per stiprią žolelių arbatą, kurią man paruošė Robertas. Koks rūpestingumas. Malonu. Tikrai. Liūdna, kai pagalvoji, kad jis išeis. Sunku patikėti, kad Monika jį paleis. Nors ką ten gali žinoti... Lalala. Blabla. Tralialia. Nananannanananana......... Staiga atsidaro mano kambario durys (šimtąjį kartą per šias dienas) ir tarpduryje visu savo gražumu pasirodo Monika. Matosi, kad jai kažkas negerai. O, negerai. Ryškiai prastai. Akys žaižaruoja, o pati kiek šypsosi, kvailai persikreipusi putoja (tai įprasta, tik šiaip sakau). Ji atsikrenkščia, o aš atsisėdu lovoje ir laukiu, kas bus toliau. Kaip įdomu...

– Severija...

Ji paeina vieną žingsnį į mano kambarį, nusibraukia plaukų sruogą nuo akių.

– Ateik, – ji bando tvardytis. Tik nesuprantu, ar nenori apsiverkti, ar pradės klykti. Jei ką, aš viskam pasiruošusi. – Ateik... ateik... atsisveikinti su... – jos akytės keistai sukiojasi, – dėde Robertu, nes jis, – ji kvailai sučiaupusi lūpas. Dabar jau truputį jos gaila. Nes ji pasiduoda. Nebebando vaidinti. Ir ašarėlės rieda jos skruostais. Dvi. Mažytės ir tikrai nuoširdžios. Pagaliau man jos tikrai nuoširdžiai gaila. Ji atsargiai jas nusišluosto ir bando šyptelėti. Aš beviltiškai, nežinodama ką daryti, tiktai sėdžiu, o ji gniaužo savo kaulėtas rankutes. Nuryju seiles. Ji pasitraukia nuo durų, lėtai nuslenka prie mano lango ir atremia kaktą į stiklą. Jaučiuosi sutrikusi. Bandau kažką sakyti, bet neišeina nieko doro. Tyliai atidarau duris ir nutipenu laiptais žemyn. Iš karto pastebiu jį. Jis liūdnai purpso ant kėdės prie durų. Kai tik pamato mane, atsistoja. Jis verkia. Kažkaip ir man negera dėl viso šito. Kai pagalvoji, nėra taip paprasta. Monika ir Robertas visiški liurbiški padarai, bet jie buvo kartu ir… o… o dabar nebebus? Keista ir liūdna. Nors ir esu įsitikinusi, kad jei jau taip vyksta, taip ir turi būti. Nors ką gali žinoti. Paskęstu minkštame Roberto glėbyje.

– Ačiū… ačiū tau už viską ir…

Niekada nepamiršiu jo balso ir minkšto apkabinimo.

– Tai tau ačiū… – nežinau, ką sakyti ar daryti.

– Ir… atleisk, kad taip išėjo. Pabandyk… Na, žinai, palaikyk Moniką kiek tik gali…

Jis nusišluosto ašaras ir paglosto man galvą. Aš švelniai dar labiau prie jo priglundu.

– Man labai gaila dėl visko, bet… manau, kad elgiuosi teisingai ir… Tikiuosi, viskas bus gerai, – jis toliau glosto man galvą. Lėtai. – Visiems.

– Aš irgi tikiuosi… Aš stengsiuosi, o tu, – atsargiai išsilaisvinu iš jo rankų ir pažvelgiu į jį. – O tu irgi laikykis. Pranešk apie save.

– Aš… – jis pradeda raustis po kišenes, kažko ieško ant žemės. Po kėde guli nedidelis suglamžytas languoto popieriaus gabalėlis. – Čia mano adresas ir… ir telefonas. Aš jums būtinai skambinsiu. Ir…

– Viskas bus gerai. Aš tikiu, kad viskas susitvarkys.

– Ačiū. Ačiū tau. – Jis nusišluosto ašaras ir pasilenkia daiktų. Jų nėra daug.

Man tikrai liūdna. Bet ne taip, kaip paprastai būna. Kažkaip kitaip. Jaučiu, kad vėl su kažkuo atsisveikinu, ir man tai nepatinka. Bet ir nujaučiu, kad kažkas naujo laukia manęs ir Monikos, ir šitų namų, ir apskritai. Aš tikrai su tuo susitvarkysiu ir pradėsiu naujai. Nežinau ką, bet pradėsiu naujai.

Jis liūdnai pažvelgia į viršų, tada dar kartą mane apkabina ir pažada neprapulti. Durys užsidaro. Giliai įkvepiu.

Susitvardau ir lėtai ir tyliai lipu į savo kambarį. Monika ramiai sėdi ant mano lovos. Žiūri kažkur. Manau, tai normalu. Prisėdu šalia ir paglostau jai nugarą. Stengiuosi labai švelniai. Ji kiek šypteli. O aš net stebiuosi, iš kur tiek mielumo. Juk aš ne tokia. Nors ką gali žinoti.

– Manau, kad taip ir turėjo būti. – Jos balsas ramus. Džiaugiuosi.

– Aš irgi taip manau. Juk mes ištversim.

– Taip. Būtinai. Nors ir nebus lengva...

Aštuntas

Sėdžiu ant suoliuko. Tokio žalio ir nedidelio. Sėdžiu užvertusi galvą ir tyliai niūniuoju. Žinau! Tai ta daina... ta. Ta, bet... Taip, tai ta daina, kuri buvo mano mėgstamiausia. Džiazinė. Aš šypsausi. Ir man gera. Ta daina man primena vaikystę. Ji stebuklinga. Aš jaučiu keistą jausmą. Kažkur pilve. Lyg valgyti norėčiau... Ne, greičiau mane pykina. O gal... Nežinau, lyg kažkas judėtų pilve. Ne, tikrai ne vaikutis. Kažkas nesuprantamo. Ir labai mielo. Nežinau. Akimis švelniai glostau debesėlį. Kokia nepaprasta melodija. Atsitiesiu ir žiūriu į pievą. Taip. Cha! Aš sėdžiu ant suoliuko pievoj. Neblogai. Kokia žalia pieva! Ten toliau žolėje kažkas sujuda. Pakyla figūra. Aš nusišypsau, nes lyg ir žinau, kas ten. Tai vaikinas! Ką? Jis atrodo taip... na, galima sakyti, mielai. Lyg koks debesėlis. Aš jaučiu, kad mano pilve vėl kažkas stipriau ima judėti. Gal tiksliau, virpėti. Jaučiu, darosi truputį silpna. Aukšta figūra lėtai artėja. Jis su kuprine. Neskuba, bet eina pasišokinėdamas. Iš čia galiu girdėti, kaip jis kažką dainuoja. Jis juokiasi. Kai pamato mane, sulaiko žvilgsnį, paskui toliau žingsniuoja dainuodamas tą nepaprastą dainą. Kaip ir aš. Priėjęs suoliuką jis atsisėda prieš mane. Ant žolės. Ir sukryžiuo-

ja kojas. Aš jaučiu, kaip man gera. Gera ir silpna... oho! Žiūriu
į jį. Jis taip pat. Man norisi ką nors daryti, bet negaliu pajudėti.
Jis truputį šypteli. Labai nežymiai. O aš net to nesugebu. Jo plau-
kai susivėlę ir man tai patinka. Aš tiesiog į jį žiūriu, kaip ir jis.

– Labas, – labai labai tyliai sušnibžda ir nusišypso. Šį kartą
jau plačiai ir drąsiai.

– Hm...

– Aš pas tave.

– Aa...

– Ieškojau.

– Aš... – nuryju seiles, jaučiuosi be galo keistai. Nesuprantu,
kas vyksta, tik noriu nusiraminti. – Man baisu.

– Tau baisu? – jis susirūpina. Išsigandęs apsidairo ir vėl tru-
putį šypteli. – Ar aš baisus?

– A, aišku, kad ne.

– Tai gerai.

– Aha.

– Taip taip.

– Klausyk. Žinai, man patinka... a... kaip tu žiūri, – nusi-
šypsau ir kažkodėl atsistoju.

– Man patinka į tave žiūrėti.

– Taip, kurgi ne.

– Tikrai.

– Klausyk, kodėl tu čia?

– Nes noriu čia būti.

– Na ir kas, kad nori? Aš daug ko noriu. Kaip tu čia...

– Atėjau, ir tiek.

– O kodėl pas mane?

– Nes pamačiau.

– O tai tau – pamatei. Aš matau medį, bet neinu pas jį.

– O galėtum.

– *Man nepatinka medžiai.*
– *Jie turi tik vieną neigiamą savybę.*
– *Jie turi daug neigiamų savybių. Jie baisūs.*
– *Su jais negali eiti koja į koją.*
– *Ką?!*
– *Matai, kaip mes einam?*
– *Kaip?*
– *Pažiūrėk į kojas.*
Aš pažiūriu. Einame koja į koją.
– *Aa. Tikrai.*
Aš sustoju, atsisuku į jį ir prieinu arčiau. Jaučiu švelnumą.
– *Taigi. Aš tave pamačiau.*
– *Aha... Klausyk, ar nesupyktum, jei aš tave...*
– *Nežinau, ar ištversiu...*
– *Apkabinsiu.*
– *Apkabinsi?!*
– *Labai labai švelniai. Taip kaip tu į mane žiūri.*
Prieinu dar arčiau ir švelniai, tyliai, atsargiai prisiliečiu prie jo. Nepaprastai gera. Širdis maloniai plaka, o pilve vis dar kažkas dedasi.

Ir kam reikia pabusti? Kam?! Jaučiu maloniai spurdančią širdį ir džiaugsmą. Kodėl tik sapnai būna tokie malonūs? Netikiu, kad sapnai gali pasikartoti gyvenime. Kodėl aš tai sapnavau? Sunkiai alsuodama prieinu prie lango. Saulė kyšo iš po namo stogo. Pamojuoju jai. Paglostau pilvą, kuris vis dar kaip nesavas. Lyg... lyg kokie drugeliai skraidytų. Ką tai galėtų reikšti?

Pirmą kartą po tiek daug laiko aš sapnuoju spalvotą ir mielą sapną. Kodėl? Staiga suprantu, kad šypsausi. Menkai, bet šypsausi iš džiaugsmo. Užsimerkiu ir bandau dar kartelį jį pamatyti. Vaikiną. Pamatyti tą vaikiną, kurį buvau apkabinus ir su kuriuo kalbėjausi.

Vaikiną? Nuo kada aš sapnuoju vaikinus? *Nuo kada aš sapnuoju, kad kalbuosi su vaikinu, kad jį apkabinu?* Kažkas čia ne taip. Aiškiai ne taip. Vaikinas ir aš? Iš kur tai ištraukiau? Grįžtu atgal į lovą. *Aš vis dar šypsausi.* Ai, viskas ir vėl darosi nesuprantama ir keista. Ne tik mano sapnai neįtikėtini. Mano gyvenimas kaip sapnas. Turiu prie to priprasti. Bet tai nėra taip paprasta. Nieko nėra paprasto. O gyventi yra visų sunkiausia! Apsikabinu pagalvę. Kam man vaikinas? Juo labiau sapnuose? Nesvarbu. Juk visiškai nesvarbu. Žinot, man atrodo, aš tikrai pasiilgau meilės. Paprastos paprasčiausios. Aš pasiilgau supratimo ir bendravimo. Ir nuotykių. Nuotykių? Aš tikrai taip pasakiau? *Man reikia nuotykių?* Taip, reikia. Aš pasiilgau gyvenimo. Pasiilgau. Pasiilgau. Pasiilgau. Labai. Man reikia veikti ir… Mama! Mama. Ji nesugadino sapno. Nesugadino! Dėl jos aš neverkiau. Aš… Man atrodo, kad jos pasiilgau. Taip! *Aš jos pasiilgau.* Kas man darosi? Praveriu langą. Sniegas tirpsta. Įkvepiu ir iš labai toli užuodžiu pavasarį. Jis dar truputį slepiasi, bet aš jį jaučiu.

Pagalvokime visi kartu. Ką gero aš sugebėjau nuveikti per tuos dvejus metus? Ogi nieko! Prisiliūdėjau visiems ateinantiems dvidešimčiai metų. O dabar, manau, jau laikas veikti. Jau laikas grįžti į gyvenimą. O jei jis manęs jau nelaukia?

Atsargiai atidarau kambario duris. Monika ramiai miega po storiausia antklode. Laikrodis rodo 10.03.52. Keista. Monika dar miega. O neturėtų. Pažiūrėjus į veidrodį aš atsitokiu. Neblogai jaučiuosi. Veidas atrodo geriau. Tiesa, gerklę dar skauda. Bet... Pakratau galvą. Neskauda. Pašokinėju. Visai neblogai. Negi dėdulės daktaro vaistai taip pagelbėjo? Neeee... Greičiau gera namų aura. Neee... Aš pati esu šaunuolė. Taip! Juo labiau neee... Na, nesvarbu. Su diktofonu sėdžiu prie virtuvės stalo. Jaučiu, kad viskas pasikeitė. Ne tik dėl Roberto. Apskritai. Kažkas kitaip. Tiksliau, viskas. Viskas daug ryškiau nei anksčiau. Labas, mieloji staltiese.

Viens, viens, du. Veikia. Taigi. Faktas, kad kažkas vyksta. Kažkas keičiasi. Viskas greičiau. Dar nežinau, ar džiaugtis tuo, ar ne. Bijau tai sakyti garsiai, bet man atrodo, kad... aš pasiilgau nuotykių ir ... gali būti, kad aš stengsiuosi dabar gyventi. Ai, na gerai, žinau, kad kvailai skamba. Nesvarbu, kaip bus, taip. Šiuo metu man nesinori verkti. Tai ir svarbiausia. Gerai. Baigiu. Mes likom tik moterys šiuose namuose. Gal ir neblogai. Taškas.

Taigi, mieloji staltiese...
Ir dar aš sapnavau sapną. Ir... a... jame buvo vaikinas.

Taip taip, mažasis juodas langeliuk. Aš sapnavau... Po truputį imu išprotėti. Taip! Sapnuoju tokius sapnus ir dar su staltiese kalbuosi. Taip taip. Mano protelis po truputį tyžta. Ir ką man daryti? Ogi nieko. Nieko!

Staiga prisimenu vieną dalyką. Kokį? O va tokį, kad aš vis dar neparašiau savo gimdytojui laiško. Ir ką? O tą, kad dabar turiu sėsti ir parašyti. O man labai nepatinka rašyti laiškus. Labai. Bet kartais tenka.

Labas, tėti! Dabar rašau tau laišką ir...
Ne!
Laba diena, tėveli!

Aišku, kad ne!

Klausyk, tėvai. Rašau tau, nes kalbėti su tavimi neįmanoma. Tai va...

Aaa. Jau šilčiau, bet dar ne visai. Pamankštinkim pirštus, atpalaiduokim smegenis, atsikrenkškime ir pradėkime rašyti laišką, ir pabaikime iki galo!

Labas.

Taigi. Žadėjau parašyti. Tą ir darau. Kaip sekasi? Kas naujo? Aš turiu pranešti svarbią (mums, ne jums) naujieną. Likome dviese su Monika. Robertas išėjo. Geriau neklausk, kas, kaip ir kodėl, nes man pačiai tai buvo labai keista. Dar dabar sunku patikėti. Beje, tai atsitiko tik vakar. Monika dar miega, nors turėtų dirbti. Robertas kažkur, nors turėtų būti čia, pas mus. Mūsų mielame namelyje. Gal neteisinga, kad sakau „mūsų", bet taip jau norisi. O aš jau lyg ir pasveikau, nors dar turėčiau sirgti. Taigi. Mes stovime ant galvų. Ir šiaip viskas po truputį keičiasi. Man rodos. Tik dar neaišku, ar į gerą pusę.

O kaip jūs? Tikiuosi, kad gausiu ką nors ir nuo brolio. Manau, reikėtų mums pasimatyti. Ar nesiruošiate atvažiuoti? Norėčiau jus pamatyti ir normaliai pasikalbėti (įsivaizduokime, kad tai įmanoma...). Nežinau, ką čia dar parašyti. Aš čia šiomis dienomis kaip ir sergu. Bet šiandien lyg ir geriau. Gal. Atsisveikinu. Ir tikiuosi greitai jus pamatyti. Linkėjimai visiems. Laukiu atsakymo.

Reikės išsiųsti. Pagaliau padaryta. Antrąkart praveriu kambario duris. Monika guli nejudėdama ir žiūri į lubas. Aš tyliai, keliais pirštais pabarbenu į praviras duris.

– Aha... – tylus ir kiek cypiantis Monikos balsas. Ji vis dar nepajuda.

– Galima?

– Aha...

Atsargiai uždarau duris ir prisėdu ant lovos. Apsidairau. Ant naktinio staliuko stovi tuščias puodelis, prie lovos numestas Monikos chalatas, kojinės ir viena šlepetė. Kita šlepetė lovos gale. Spinta atidaryta, joje absoliutus chaosas. Vėl pažiūriu į savo tetą. Tiesiu ranką, nes noriu atsargiai ją paglostyti. Manau, jai būtų geriau. Ji staigiai nusuka galvą ir pati nusisuka.

– Aš... atsiprašau. Jei ko reikės, pasakyk. Aš jau geriau jaučiuosi. Tai aš... eisiu.

Ji taip nieko ir nepasako. Man pasidaro kiek neramu. Suprantu, kad jai nelengva. Pasišalinu. Skambutis. Lekiu prie telefono ir dar kartą įsitikinu, kad, be gerklės, man nieko daugiau neskauda. Kreivai sau šypteliu.

– Taip, klausau.

– A. Laba diena, panele... atlei...

– Severija. Mano vardas Severija.

– Taip. Severė.

Papjausiu.

– Čia skambina jums ponas daktaras.

Koks juokas! O koks juokas, kad jūs girdėtumėte! Nusipurtau, nes tas lipšnus, aukštas balsas, o ir juokas tikrai sukrečia.

– Taip?

– Kaip panelė Severė jaučiasi?

Labai keista, pagalvoju. Nuo kada šundaktariai teiraujasi ligonių, kaip jie jaučiasi...

– Tiesą sakant, man atrodo, kad jau kaip ir... a... pasveikau. Taip, jau jaučiuosi gerai. Šiandien. Visai gerai.

– Ne! Jokiu būdu negalima taip kalbėti.

– O... o ką aš pasakiau? – labai atsargiai ir tyliai paklausiu.

– Po tokios ligos! Po tiek laiko! Jei jūs šiandien ir jaučiatės gerai, tai dar nereiškia, kad pasveikote. Va, žinokite, kad ir šią akimirką gali pakilti karštis, vėl viską ims skaudėti. Net ir mirti galite!

– A...

Mano lūpos atvėpusios, o akys kiek išsprogusios. Ką jis čia?

– Bet aš blogai jaučiausi tik kelias dienas ir man nieko rimta. O šiandien...

– Jūs manęs nesiklausote! Aš jums ką tik pasakiau, kad galite mirti, o jūs – nieko! Tuoj pat šiandien pas jus ateisiu. O iki tol jūs gulite lovoj ir geriate arbatą.

Kas čia vyksta? Kas jam pasidarė? Cha! Aš jo bijau. Tikrai. Gal reikia užsibarikaduoti ir jo neįsileisti?

Kambaryje atidarau langą, nes viskas dvokia keistumu ir šiaip kažkuo, tai man nepatinka. Iškišu galvą pro langą ir įkvepiu. Gera. Pavasaris jau atžingsniuoja. Kiek apsitvarkau. Ir jaučiu, kad čia viskas kitaip. Pažiūriu į save veidrodyje. Ir aš kitokia. Truputį. Tikrai. Atsisėdu ant lovos. Užsimerkiu. Bet nebematau to sapno. Nebematau. Kodėl...

Kai raudona dėžė su juodais taškiukais stovi prieš mane, vėl pasidaro negera. Baisu. Liūdna. Ir vėl keista. Bet aš nebekišu jos po lova. Tik užsimerkiu, tada atsimerkiu, giliai kvėpuoju ir kramtydama nagus kartoju: viskas bus gerai.

Taip. Dabar bandau nebijodama žvelgti į praeitį. Tiksliau, visa kaip nesava bandau sau įrodyti, kad nieko baisaus ar ypatingo yra atidaryti senąją dėžę su visais praeitimi dvelkiančiais daiktais. Turiu nusiraminti. Ir... a... taip, prisiekiu, kad šį kartą aš jos nekišiu po lova neapžiūrėjusi. Taip. Jei aš taip būčiau sėdėjusi vakar ar užvakar, ar prieš savaitę, tai eilinį kartą stumčiau dėžę po lova. Tačiau šiandien... taip, šiandien aš jaučiu, kad viskas, kas vyksta, turi vykti, ir aš tiesiog negaliu tam priešintis. Ir nesipriešinsiu. Žinau, kad viskas kvaila. Ir kvailiau jau nebus.

Diktofonas ima keistai šnypšti ir kasetė baigiasi. Tiksliau sakant, viena jos pusė. Nežinodama, kodėl taip darau, priglaudžiu tą juodą daiktą prie savo šilto skruosto. Švelnus. Kažkas pasigirsta apačioje. Atsargiai atsistoju ant viršutinio laiptelio ir žiūriu į apačią. Į Moniką. Apgailėtinas vaizdas. Ji negrabiai svyruoja į tualetą. Lyg kokia šmėkla ar…

– Monika, – tyliai pakviečiu ją.

Ji lėtai atsisuka. Tetos veidas daug baltesnis nei visada. Akys išsprogusios. Ji nebyliai žiūri į mane. Tada taip pat lėtai nusisuka ir negrabiai slenka į tualetą. Jaučiu, kad taip negerai. Ir suprantu, kad nieko negaliu padaryti. Nebuvau mačiusi, kaip kiti žmonės išgyvena mylimo (-os), vyro/moters netektį. Gal taip ir turi būti. Vėl grįžusi į kambarį nenorėdama pamatau dėžę. Ir supykstu ant savęs. Negi aš tokia kvaiša ir liurbė, kad net nesugebu viena akimi pažvelgti į praeitį?! Et, ir sugebu. Pritupiu prie dėžės. Iš karto tas kvapas įsismelkia į mane. Na ir gerai. Tegu. Pažiūriu. Į vidų. Ir vėl giliai įkvepiu. Ir, žinot, suprantu, kad vėl skruostu rieda ašariukė. Ir, žinokit, suprantu, kad norisi, nors ir sakau kitaip. Ir apsikabinu kelius ir jaučiu, kad pagaliau verkiant man visai gera ir malonu. Gal dėl to, kad jau įpratau. Gal… Nežiūrėdama įkišu ranką į dėžę ir kažką ištraukiu. Numetu ant grindų, žiūriu. Nusišluostau ašaras, kad geriau matyčiau. Kas čia… a… Nubraukiu dulkes. Senas rėmelis. Žiūriu. Tiesą sakant, pasidaro net kiek juokinga žiūrėti į save tokią. Plaukai susisukę labiau nei dabar, plati plokštelinė šypsena, blizgančios akytės, kreivos kojos ir pan. Pieva. Nuotraukoje pieva, aš ir Henrikas. Mano vyresnysis brolis. Per trumpos rudos kelnės, į jas sukišti marškiniai, dar platesnė nei mano, taip pat plokštelinė šypsena. Šioje nuotraukoje mes atrodome panašūs. Dėl tos pačios juokingos šypsenos ir blizgančių akių. Jis laiko ranką man ant galvos, o aplink mus tik pieva. Ir mes šypsomės. Atsargiai ir švelniai priglaudžiu nuotrauką prie lūpų ir paglostau. Ir jaučiu, kad aš jau pilna praeities kvapo ir prisiminimų, ir nė kiek dėl to nesigailiu ir neliūdžiu. Aš tik...

Aš suprantu, kad tas nelabasis skambutis, kuris nuolatos mane pertraukia, jums jau nusibodo. Skambutis. Į duris. Net jau stovėdama prie durų tikiuosi, kad už jų stovės Robertas. Kodėl? Ką aš žinau?! Ir atidarius tas prakeiktąsias duris dar kartelį įsitikinu, kad nekenčiu šundaktarių. O ypač tokių kaip šis.

– Laba diena, panele Severe, kaip puikiai atrodote! – manau, kad dar nepamiršote, kaip jis atrodo ir koks kvailas jo balsas.

– Laba diena, šunda... tfu... daktare. Aš Severija, – *ir vėl* dirbtinai šypteliu. Jis tiesiai patraukia pro duris. Ne, kur jau, tikrai nereikia laukti, kol namų šeimininkai pakvies į vidų. Braukitės kas galite! Dėdė daktaras smalsiai apsidairo, nusivelka paltą.

– Ar nieko, jei batų nesiausiu? – maloniai (cypiančiu balsu) pasiteirauja ponas. – Žinote, nežinau, kas prieš tai po šiuos namus slankiojo ir... ar, a, kokių gyvių čia gyvena, ką?

Darau išvadą – jis nesveikas. Tikrai. Manau, sutiksite su tuo.

– Aha, gerai, – lėtai pasakau. Ir staiga pastebiu prie kambario durų stovinčią Moniką. Šypteliu jai. Ji tuo pačiu neatsako. Dėkoju. Daktariūnas sutrikęs žvelgia į mano tetą. Jis dairosi nesumodamas, ar ką sakyti, ar ne. Čia praveria savo kreivą burną, čia vėl užčiaupia. Aš taip pat nelabai suprantu, ką man dabar daryti. Monika atrodo kaip ligonė. Ji net nekalba. Nors, tiesą sakant, dabar žvalesnė.

– Aš... a... Čia mano teta Monika. Jūs ją lyg ir turėtumėte pažinoti. Ch... a... Taip, čia daktaras.

Pagaliau daktaras atrodo kaip atradęs kokį priešnuodį. Akutės blizga, nosytė kruta, o ranka jau ir siekia mano tetos rankutės. Monika žvelgdama tiesiai jam į akis ištiesia nupiepusią savo ranką. Gražiai, net, sakyčiau, romantiškai kratomos dvi rankytės.

– Tiesą sakant, daktare, man atrodo, tai ir yra vienintelė ligonė šiuose namuose, nes aš...

– Taip! Taip... Šaunu... a, norėjau pasakyti – kuo skundžiatės?

Taip taip. Toks jau tas gyvenimėlis. Kvailas. Kvailas. Ir dar kartelį kvailas. Kol Monika „aptvarkinėja savo kambarį", aš nusakau tam šuniui visą padėtį ir nuoširdžiai prašau jai padėti. O jis visą tą laiką tik įtartinai šypsosi. Man truputį baisu, bet svarbiausia, kad jis pamiršo, jog aš mirštu. Palieku juos dviese. Kambaryje. Nupėdinu į virtuvę ir žiūriu pro langą. Gal jums tai ir neįdomu, bet oras nuostabus. Šviesu ir miela už lango. Matau atsargiai tipenantį šuniuką taksiuką. Jis vienas. Kaip ir aš... Tyliai atsistoju už durų. Ir net nesijaučiu negerai, nes nemanau, kad klausytis svetimų pokalbių nedera. Tai yra taip, nedera, bet ne šį kartą. Jau girdisi labai tylus žiurkiškas Monikos juokelis ir kvailas dėdulės balsas. Jie kalbasi ramiai, ir kiek palaukus suprantu, kad dabar jau girdžiu ir kaip Monika verkia. Taip taip. Paskui ramų, aukštą *jo* balsą. Šiaip ar taip, nemanau, kad šį kartą viskas bus taip paprasta. Pavėluotai suvokiu, kad čia kažkas ne taip. Nes tas dėdė yra vaikų gydytojas, o ne psichologas. O antra, jis, kaip pats minėjo, turi dukterį, tai, matyt, ir žmoną... A! Atrodo, kad dėl manęs tuoj sugrius viena šeima! Taip, tenka dar kartą pripažinti, kad aš galvoju per daug. Vaje. Lipu į viršų ir šoku pro langą. Ne, gal geriau dar palauksiu. Tai yra nešoksiu pro langą. Užlipu. Lėtai lėtai. Ir suvokiu, kad nieko nesuvokiu. Vėl prisėdu ant žemės ir suprantu, kad prieš akis dar labai daug. Visa dėžė. Žinau, ką dabar galvojate. „Visiška pusprotė, nesugeba dėžės iškraustyti ir kalba apie tai nesustodama". Dėl pusprotės visiškai sutinku. Negi imsiu čia dabar prieš pačią gamtą šokinėti? Gimiau tokia, ir tiek. Bet šiaip ne visai su jumis esu linkusi sutikti. Tai nesvarbu. Galvokit jūs ką norit, ir aš taip pat galvosiu ką noriu ir neaiškinsiu jums, kad yra taip ar taip, o ne taip, kaip jūs galvojate. O jei netyčia pradėsiu vėl, nutildykit. Ačiū.

Jaučiuosi gerai. Matyt, jau ryt teks eiti į mokykšlę. Oi, oi. Dar neseniai sakiau, kad man nepatinka sėdėti namie, o dabar juolab nūsčiau dar truputį pasitrainioti. Pasirodo, aš turiu ką veikti. Gal. Truputį. Turiu nuveikti ką nors ypatinga. Taip. Labai ypatinga ir ką nors tokio, kas viską pakeistų. Juokinga, kad taip kalbu. Aš dabar juk galiu aiškinti, kad viską pakeisiu ir pan. Ir tuo tikėti, bet nieko nedaryti. Nes, tenka pripažinti, kai žmogus šiame pasaulyje esi vienas, ką *tokio* gali nuveikti? A? Ogi nieko. Mano atžvilgiu visas gyvenimėlis yra truputį nesąžiningas. Nes išeina taip: aš gimstu, gyvenu lyg ir laimingai, tada bum!, ir turiu viską pradėti nuo pradžių. Nuo tokio apvalaus ir mažo sušikto nuliuko. Visi draugai, viskas, kas man patiko ar kam aš patikau, išnyko. Lyg kažkas labai gražiai viską būtų ištrynęs. Kodėl? Ar aš dėl to kalta? Gal. Ką reiškia gyventi laimingai? Ar būti optimistei? Ir t. t., ir pan. Man atsibodo šis nesąžiningumas. Nežinau. Galime sakyti, kad aš sau esu nesąžininga. Matyt. Bet tokios jau aplinkybės. O jeigu… jeigu aš būčiau… Ne! Niekas negali būti taip kaip anksčiau, aš irgi, aš tik galiu (gal?) ką nors *truputį* pakeisti. O gal ir daug. Nežinau. Mamyte… MAMA! Ar tu supranti, kad tik dėl tavęs aš pamiršau šypsotis?!

Devintas

– Kaip?

– Aš sakau, kad man reikėtų pažymos… a… pateisini-mo už praleistas pamokas, mokykloj reikia…

– Kai pasveiksi, aš tau parašysiu.

– …Tai aš lyg ir pasveikau. Juk sakiau. Tikrai jaučiuosi gerai.

Jis pažiūri į Moniką lyg sakydamas: „ak, tie vaikučiai", o ji įtartinai šypsosi. Aš girdėjau, kaip jie tyliai kalbėjosi, net gir-dėjau ją kikenant. Šundaktaris jau velkasi paltą.

– Tikrai gerai.

– Tu man neaiškink.

Kaip jau, rodos, minėjau, jo juokas toks pat kvailas kaip ir balsas.

– Iki savaitės pabaigos sėdėsi namie. Ir viskas.

– Bet aš… gerai. Žinoma.

– Teisingai. Visada reikia klausyti dėdės daktaro.

Vėl juokas… juokas… juokas. Ir vis dar juokas. Jis pa-glosto sau pilvą, tada palinkęs šiurkščiai perbraukia ranka per mano plaukus ir keistai nusišypso. Tada, jau laikydamas savo portfelį rankoje, švelniai pabučiuoja Monikos rankogalį. Ji jam dabar jau nieko nesako, tik vėl keistai nusišypso ir žiūri kažkur kitur stiklinėmis akimis. Aš irgi kreivai nusišypsau ir atrakinu duris. Prieš man jas uždarant, jau stovėdamas lauke, daktariūkštis maniakišku balsu sušnibžda: „Nesijaudink, tavo tetai viskas bus gerai. Prižadu. Duok jai laiko". Ir pasišalina. Esu tikra, kad jo žodžiai nieko blogo nereiškia. Kaip manot? Šiaip jis gan neįprastas, bet juk tai nebūtinai turi reikšti, kad blogas. Monika tokiomis pačiomis akimis maloniai pažiūri į mane, šypteli ir užsidaro kambaryje. Aha. O aš turiu sėdėti namie. Matyt…

O, pasirodo, jau gan vėlu. Nežinau, ką daryti. Žinoma, galėčiau/turėčiau ruošti pamokas, paskaityti, bent susižinoti, ką mano klasė mokosi. Ai… gal ne, ačiū. Su Monika, matyt, nieko įdomaus nuveikti neišeis. O ir nenorėčiau. Gal reikėtų su ja pasikalbėti ar dar ką? Ne, ačiū… tam aš jai užsiundžiau poną daktarą. Va taip. Ir gerai. Nors, tiesą sakant, man kiek neramu. Tikrai. Net keista, bet kai pamatau Moniką, man pasidaro truputį silpna ir negera. Nežinau, tiesiog niekada nebuvau susidūrusi su tokiu žmonių elgesiu. Niekada net nebuvau susimąsčiusi apie tai. Apie tai, kad netekus mylimo žmogaus, na, kaip partnerio, geriausio draugo, mylimojo, gali būti taip negera. Aš tai tikrai nemanau, kad man gali taip būti. Ne, tiksliau, aišku, kad gali, bet aš to *visiškai* neįsivaizduoju. Aš net įsimylėjusi nebuvau. Taip rimtai. Aišku, esu jauna, bet… ai, juk galėjo būti bent vienas berniukas ar vaikinukas. Bet tokio tikrai nebuvo. Aš nuo jūsų tikrai nieko neslepiu. Tikrai. Nes jei jau viską pasakoju, tai pasakoju. Aš jūsų nebijau. Tad galite būti ramūs. Svarbiausia, kad dabar susimąsčiau ir suvokiau, kad aš niekada rimtai net ne-galvojau apie vaikinus. Tikrai. Įdomu, kodėl? Man irgi. Ne-sijaudinkit, apie mergaites irgi tikrai niekada neturėjau jo-kių fantazijų.

Ai, ką tik prisiminiau. Net juokinga dabar apie tai pa-galvojus. Tiesiog bandžiau prisiminti kokį berniuką, ku-ris manim domėjosi. Taip, tokių buvo. Du. Pirmasis susi-domėjęs manimi buvo labai mažas. Aš, žinoma, tada bu-vau tokia pat. Kokių penkerių metų. Bet prisimenu gerai tik tai, kaip jis man padovanojo gėlyčių iš svetimo darže-lio ir dar pasakė, kad jam labai patinka, kaip aš *čiaudau*. Taip, tikrai, taip ir pasakė. Tada aš spjoviau jam į veidą. Nes man jis nepatiko. Todėl, kad čiulpdavo kankorėžius. Tikrai.

O antrasis toks vyriškis buvo, man rodos, ketvirtoj kla-sėj, vardu Aleksandras. Berniukas buvo labai mažas ir kal-bėjo labai tyliai. Ir man nepatiko, nes… nes man tiesiog nebuvo įdomūs berniukai, o juo labiau tokie kaip jis.

Prisimenu tik tiek, kad jis man kelis kartus paliko meilės laiškelių kuprinėje. Ne, vieną kartą kuprinėje, o kitą – rašiklinėj. Jis rašė, jei gerai prisimenu: AŠ TAVE MYLIU ir I LOV YU. Laiškelius iš karto išmečiau.

Yra dar vienas prisiminimas apie jį. Tuo metu, kai jis ma-ne „mylėjo", aš lankiau baseiną. Buvo vasara. Baseine su-tikau jį. Nenorėjau su juo kalbėtis, bet jis pats priėjo ir net padavė ranką pasisveikinti. Tada pradėjo skiesti apie tai, kaip jis mėgsta važinėtis dviračiu ir dar, man rodos, apie savo pusbrolį. Tada mane kažkas pašaukė ir aš nubėgau. Buvau laiminga.

Juokingiausia, kad kai kitą dieną vėl jį sutikau baseine, jis nebebuvo toks kalbus. Priėjo ir pasakė:

– Mes vakar neatsisveikinom.

Aš sutrikau, nes nežinojau, ką dabar jis norėtų iš manęs išgirsti.

– A, tai... ate?

Šį kartą jis nuėjo pirmas. Net nesupratau, ar supyko, ar taip prisireikė kur nors. Bet... ką aš turėjau sakyti, jūsų manymu?

Kai prisimenu savo šeimą, suprantu, kad ne keista, jog nesuprantu, ką reiškia išsiskirti ar pan. Aš niekada negyvenau su abiem savo tėvais. Niekada dėl to neliūdėjau, nes tai buvo per daug įprasta ir visai negraudu. Visada žinojau, kad turiu ir tėtę, ir mamą, ir juos abu dažnai matydavau. Taip pat žinojau, kad turiu ir brolį. Tik, deja, apie jį šį bei tą sužinojau kiek vėliau. Aš patyriau šoką, kai supratau, jog mano brolis kelnėse nešioja kai ką *kitką* nei aš.

Prisimenu labai gerai. Buvo vasara. Man buvo turbūt kokie ketveri, o Henrikui tada, vadinasi, apie septynerius. Buvo karšta ir mes buvome prie ežero. Staiga pradėjo baisiausiai lyti. Neturėjome kur pasislėpti, tad mūsų mylimasis tėvelis sugalvojo, kad galime tiesiog nusirengti ir išsimaudyti, „jei vis tiek jau sušlapome“. Aš visai nesigėdijau savęs nuogos, visgi buvau maža. Bet kai mano brolis (taip pat visai nesigėdydamas) nusimovė kelnytes, aš pamačiau *slieką* (ne tikrą, aišku, o tarp jo kojų) ir pradėjau klykti. Aš labai išpūčiau akis, prasižiojau ir užklykiau, tada ėmiau lakstyti aplink tėtį ir nenorėjau prisiartinti prie brolio, nes bijojau slieko.

Taip taip, ta gėdinga vaikystė. Na gerai. Ką dabar jūs apie mane galvojate? Ne, nesakykite. Tai buvo retorinis klausimas.

Tai va. Mano šeima man atrodė normali (pamirškime slieką) iki tol, kol man suėjo maždaug vienuolika metų. Aš su mama ir broliu nuo savo gimimo gyvenau čia. Šiame mieste. Visą laiką gyvenome tame pačiame bute. Tėtis visada gyveno kitame mieste. Jis (miestas) nėra toli, bet man nelabai patinka. Kai buvome maži, tėtis dirbo mūsų mieste ir dažnai būdavo su mumis. Su mama jie visada gerai sutardavo. Bet man jie atrodė kaip draugai (dažnokai besipykstantys). Tokie jie iš tiesų ir buvo. Dabar, kai pagalvoju, neįsivaizduoju tų dviejų žmonių įsimylėjusių ar pan. Kažkas baisaus! Jie tokie skirtingi ir šiaip... O! Galite mane pasveikinti. Aš ką tik jums papasakojau tai, apie ką dar niekam nebuvau kalbėjusi, ir (čia pasigirsta fanfaros) kalbėjau apie mamą ir neapsiverkiau! Pasveikinkite mane. Šiaip sau, kad aš čia jums kalbu ir negaliu užsičiaupti. Ir nesičiaupsiu. Tik jau ne dabar, kai tiek iš manęs išspaudėte. Myliu... Tikrai? Aš myliu? AŠ MYLIU? Ką? Ar aš dar galiu ką nors nuoširdžiai mylėti? Jei aš ką tikrai myliu, tai praeitį. Bet juk taip negerai? Nemanote taip? Bet taip yra, ir tiek. Aš pavargau. Paspaudžiu diktofono mygtukus. Nežinau kodėl, bet tiek jau to.

Jau diena baigiasi. Beveik. Aš kaip nesava. Ir net nesuprantu, ar tai gerai, ar ne... gal ir neblogai. Pradėjau kraustyti dėžę, tą raudoną su taškučiais. Bet dar truputį baisu, viskas per daug turi to kvapo... mamos ir šiaip. Seno kambario. Nežinau. Esu įsitikinus, kad noriu padaryti ką nors įdomaus. Nuveikti. Bet net neįsivaizduoju, kam. Beje, mano daktaras yra pats keisčiausias padaras, kokį esu kada sutikus. Jam kažkas, švelniai tariant, ne taip. Net Monika prie jo atrodo normali. Tikrai! Ne, viskas, aš visada apie Moniką kalbu taip negražiai. O dabar man dėl jos tikrai neramu. Ji nesava. Oi ta meilė. Net nežinau, kas tai yra. Tik dabar jau esu įsitikinusi, kad, kai ji nutrūksta (vienam iš dviejų), kitam būna labai blogai. Tai tiek... a...

Išjungusi aparačiuką suvokiu, kad privalau rytoj nueiti į teatrą. Nesvarbu, kaip ir kada, bet turiu su juo pasidalyti viskuo, ką supratau. Arba nelabai. Taip, turiu. Ir tiek.

* * *

Moniką randu virtuvėje. Ji sėdi, žiūri pro langą ir geria arbatą.

– Labas rytas, – sakau ir paglostau jos petį. Nežinau kodėl, bet norisi kaip nors švelniai ją padrąsinti. Nesu pratusi to daryti, tad išeina negrabiai. Ji tik keistai nusišypso ir pakelia puodelį prie lūpų. Tada suprantu, kodėl viskas man šiuo metu taip keista. Visas Monikos elgesys man primena... taip, velnias. Man primena mamą! Kaip aš galėjau būti tokia kvanka? Kodėl tik dabar tai supratau? Istorija kartojasi. Šis keistas elgesys ir ši kitokia Monika. O, Dieve! Pakeliu akis į savo tetą ir dabar pamatau ją kitomis akimis. Vėl nuleidžiu akis ir tik ašarai lengvai nukritus ant languotos staltiesės suprantu, kad vėl nesusilaikau. Man baisu. Šalta ir baisu. O ausyse ūžia. Kvėpuoju giliai, nes atrodo, kad viskas aplink po truputį ima suktis. Praranda spalvą. O ašaros vis krenta ir krenta. Girdžiu ant stalo statomo puodelio garsą ir atodūsį. Viskas dabar ne taip. Ne taip, kaip turėtų būti. Aš niekada! Niekada nedarysiu nieko ypatinga, kaip svajojau, nes esu nesveika. Ir vėl tie prakeikti kirminai lenda į mano žaizdą. O ji ima kraujuoti. Viskas liejasi. Pro ašaras negebu nieko dora matyti. Leidžiu keistus garsus, pati nesuprasdama kodėl. Viskas ne taip!

– Neeeee! – sušunku ir trenkiu ranka į stalą. – Ne... ne... ne... tu... negali! – nieko nematau ir negirdžiu. – Mama... mamyte... sugrįžk... sugrįžk, mama! – galvoje tvinksi. Nusišluostau ašaras ir man pasidaro dar baisiau. Aš rėkiu. – Mooniikaa, – ir kūkčioju. – Tu negali... negali... nebūk tokia. Maldauju, sugrįžk... Nee! Mama... Mamyte... – Atsistoju ir šluostydamasi ašaras stengiuosi pamatyti Moniką. Ji sėdi įsitempusi, išsigandusi ir tik žiūri į stalą. Dabar man jau ir pikta, nes viskas *per daug* primena tai, ko nenoriu prisiminti.

– Monika! Kodėl? Kodėl tu? Ką tu darai? – baisu. Labai labai baisu ir silpna. – Man baisu, o tu tokia! Maldauju... maldauju, sugrįžk... visko per daug... man... maldauju...

Dešimtas

Ir aš bėgu. Takeliu. Cementiniu. Žiūriu po kojomis, o ne į priekį. Po kojomis pilka. Jaučiu, kaip kojos kilnojasi. Aukštyn žemyn, visas mano kūnas juda. Pakeliu akis. Tada pasuku. Ką?! Mama, ką tu čia veiki? Ji atrodo rami, kaip visada. Juda lengvai. Ir matyti, kad jai gera. Nesustoju. Galvoju ir bandau suprasti, kas čia vyksta. Vėl nuleidžiu akis. Taip geriau. Ne, negaliu. Sustoju.

— Mama, — įkvepiu, — ką tu čia darai? — ji taip pat sustoja ir nusišypso. — Su manim. Ką?

— Bėgioju. Lyg ir… — ji juokiasi.

Man pikta, nes jaučiu, kad kažkas su manim pokštauja, o man visai nejuokinga.

— Baik! Nejuokinga. Supranti? Laikas suprasti. Nes man tikrai atsibodo visa tai.

— Vaikeli, nesinervink. Jau laikas pradėti gyventi nesijaudinant dėl visko ir negalvojant, kad ir vėl kas ne taip. Atsipalaiduok ir paklausyk.

Viskas! Taip daugiau negalima. At-si-bo-do. Viskas per daug kvaila ir t. t. Taip, tai buvo sapnas. Bet taip yra buvę ir iš tikrųjų. Mes bėgiojom. Lygiai taip, kaip ir sapnavau. Ir ji taip pat atrodė, asfaltas irgi. Oras buvo toks pat. Tik pokalbio nebuvo. Nesvarbu.

Sapnai, mintys, aplinkiniai – visi susimokė prieš mane. Tai faktas. Ir viskas. Atsimerkiu. Monika. Rami ir jau kiek kitokia. Gal. Nežinau. Užsidengiu galvą ir truputį paverkiu. Gerai jau, ne truputį, bet jau net gėda sakyti. Neįsivaizduojate, kaip negera. Toks jausmas, lyg visas pasaulis gyvena įprastai, o aš viena kitokia. Nesusipratusi ir tik verkianti. Ir gerai. Norisi užmigti ir neatsimerkti. Žinokit, iš tiesų nematau prasmės toliau kankintis. Gyvenimas – tai matematika, jį supranti arba ne. Aš nesuprantu. Man čia ne vieta. Tikrai.

– Nebijok.

Monika. Pagaliau prašneko. Nusmaukiu antklodę, kad galėčiau ją matyti.

– Man niekada taip nebus. – Ji kalba, o aš šniurkščioju. – Niekada. Aš tau pažadu.

– Bet mama irgi nežinojo, kad jai taip bus. Net negalvojo. Ir, aišku, nenorėjo.

– Taip. Bet patikėk, kad bent jau artimiausiu laiku taip nebus. Tikrai. – Taip taip. Kai mama tik pradėjo sirgti, visi aiškino, kad ji pasveiks. Man taip visa tai įgriso.

– Tau tikrai taip blogai? Aš išsigandau, nes… na, supranti.

– Taip. Žinoma. Suprantu, – ji vėl nuliūsta ir man pasidaro baisu, kad gali vėl nebepratarti žodžio.

– Kokia yra meilė?

– Stipri.

– Matyti.

Man vis tiek dar baisu, bet ne taip. Guliu ir suprantu, kad apsivemsiu, jei greitai viskas nepasikeis. Tikrai.

Ir kai vėl viena lieku kambaryje, jaučiuosi geriau. Nors ir kaip viskas šiuo metu sukasi.

Neinu į mokyklą. Bet nemanau, kad tai reiškia, kad negaliu šiaip eiti kur kitur... gerai, aišku, kad ne. Tiksliau, galiu, jei tik noriu. Ką aš galiu... teatras. Taip. Aš pasiilgau. Labai labai. Ką daryti? Einu. Taip. Einu, ir viskas. Aš juk sveika. Daugmaž. Tikrai.

Sumurmu Monikai, kad turiu pakvėpuoti grynu oru. Tik tiek. Ji vėl užsidaro savo kambaryje. Bet kalba. Gerai. Ir jai, ir man. Tik atidariusi duris suprantu, kad esu kiek apkvaitusi. Kaip jūs žinote, tikrai niekuo nesisvaiginau, bet jaučiuosi keistai. Lauke šviesu. Malonus vėjas pasisveikina su manim. Labas. Tyliai. Einu. Kvapas. Pavasarinis. Viskas taip keista. Labai. Ir kvaila, žinoma, kaip man.

Tokiu metu man baigtųsi pamokos. Vadinasi, įžengiu į teatrą, kaip visada. Kaip jums, pasakysiu: net ir čia šiandien man viskas atrodo kitaip. Lyg kas būtų pakeitęs apšvietimą ir dekoracijas, nors iš tiesų viskas taip pat. Ta pati juokinga būdelė, tos keistos moteriškės užrašas, pranešantis, jog ji pietauja. Iš tiesų girdisi tylus juokas ir balsai toje būdelėje. Lipu laiptais. Viskas taip pat ir kartu kitaip. Pati nesuprantu ir dar jus painioju. Atleiskit. Ir šiandien, dabar, ką tik aš čia atradau šį tą nauja. Pirmą kartą pamačiau tai, ką visada svajojau pamatyti, bet niekada neieškojau. Užlipusi laiptais, pirmą kartą pastebiu daug nuotraukų su įvairiais prierašais. Aš lyg ir suvokiu, kad matau tai ne pirmą kartą, bet niekada nemačiau iš arti. Apsidairau. Nieko nėra. Gerai. Lėtai prislenku prie nuotraukų.

„Senamiesčio teatras. Tada ir dabar". Tai skelbia didžiulės juodos raidės, po kuriomis ir prikabinta daugybė nuo-

traukų. Įrėmintų ir ne. Spalvotų ir nespalvotų. Mane traukia prie jų. Ir pagaliau pamatau. Tai, ką taip ilgai svajojau
pamatyti. Taip. Negaliu nupasakoti, ką jaučiu. Tai tiesiog
nepaprasta, nes aš pagaliau suprantu, kad ja galiu ir visą
laiką galėjau didžiuotis, lygiai taip pat kaip ir nekęsti. Pasirinkau antrą variantą ir pati spjaudžiau sau į veidą. O,
kad jūs čia ją matytumėte. Ant scenos. Tokią, kokios aš niekada nemačiau. Kodėl? Ką aš žinau. Ji spinduliuoja, švie
čia, šypsosi, juokiasi ir verkia kartu. Nespalvota nuotrauka, o pasako tiek daug. Niekas nebesvarbu. Ji čia. Teatras
ją prisimena ir ja didžiuojasi, o aš nesugebu to daryti?! Kas
aš per žmogus? Aš ligonė. Daug didesnė už ją. Pasuku akis.
Dar viena jos nuotrauka. Ieškau dar, bet nebėra. Dvi įspūdingos mano mamos nuotraukos. Žmogaus, kurį visą gyvenimą labiausiai mylėjau, žavėjausi ir gerbiau. O dabar?
Sakau, visą gyvenimą. Meluoju. Jau dvejus metus taip nebėra. Nes aš sau to neleidžiu. Kaip galiu mylėti ją, kai ji su
manim taip pasielgė? Taip. Žinau, kad tai neprotinga, bet
tik tokiomis mintimis ir gyvenau. Bet dabar… Apsidairau.
Aplink tylu. Tik aš šniurkščioju. Atsargiai paliečiu nuotrauką. Tą, kuri kabo neįrėminta. Gera. Nepaprastai. Paliečiu
jos veidą. Čia ji tokia pat. Lygiai tokia pat. Todėl man ir
gera. Mama. Mama ant scenos. Nieko nėra nuostabiau ir…
Nusisuku nuo tų nuotraukų ir kaip visada giliai įkvepiu,
kad būtų geriau. Taip. Dabar suprantu. Man *tikrai* reikia
keisti. Viską. Save. Užsimerkiu. Galvoju. Ką reikėtų padaryti? Pakeisti mokyklą? Kuo nors užsiimti? Aplankyti ją…
Kada tai galėčiau padaryti? Negreit. Ir iš viso nežinau, ar
įmanoma ką nors pakeisti. Viskas daug sudėtingiau, nei
atrodo iš pirmo žvilgsnio. Taip. Žinau. Gal. Jei aš išvažiuo
čiau. Kur nors. Ne visam laikui. Kad ir savaitei. Viena. Ar

su kuo nors... bet su kuo? Nesvarbu. Kas iš to? Nežinau, tik jaučiu, kad man to reikia. Ne, ne į užsienį. Tai būtų per sudėtinga. Kur? Bet kur. Sėdu į autobusą ir važiuoju. Kiek daug pamatyčiau, pajusčiau ir šiaip... Man, rodos, to ir reikia. Nusispjaut man į tą mokyklą. Vieną kitą savaitę be pamokų kaip nors ištverčiau. Tikrai. Kai uždarau už savęs duris ir atsiduriu teatro balkone, pasidaro nepaprastai gera. Ir čia viskas kiek kitaip. Tik kvapas tas pats. Salėje, apačioje, tamsu. Pasilenkiu. Liūdna, nes nesimato Pilypuko, šluojančio salę. Kurgi jis? Atsisėdu ir užsimerkiu. Ir suprantu, kad jaučiuosi be galo pavargusi. Nuo minčių. Kol dar visai neužsnūdau, išsitraukiu tą juokingą dėžutę su mygtukais. Paspaudžiu du iš jų. Kalbu tyliai.

Pagaliau sėdžiu čia. Teatre. Ir viskas labai keista. Šiaip turėčiau namie sėdėti, bet neištvėriau... nes, suprantat. Taip. Čia esu aš. Va, vieta, kur aš sėdžiu, ji yra mano ir niekieno kito, nes aš turiu čia būti, ir viskas. Cha... Žinau, kad nesu paprastas žmogus. Jau seniai tai supratau. Man skirta truputį daugiau. Taip... žinoma, gal visi žmonės taip galvoja. Gerai. Nes aš esu Severija. Aš esu daugiau nei žmogus. Nors nežinau kas dar. Bet... sužinosiu. Pažadu. Tikrai. Ir dar žinau, kad turiu iškeliauti. Bet kokia kaina. Man nesvarbu. Turiu pasiekti ir pakeisti. Būtinai. Nes kitaip galiu tapti tiesiog žmogumi. Tikrai. Man taip... atrodo.

Ir vėl giliai įkvėpusi užsimerkiu.

Vienuoliktas

Ir man atrodo, kad kai kuriais momentais laikas pradeda kiek skubėti. Nežinau, ar jums taip pat yra. Bet šiomis dienomis man taip yra. Keista? Matyt. Kai išeinu iš teatro, laikas pradeda lėkti ir aš net nepastebiu, kaip atsiduriu savo kambaryje.

Tada vėl išsitraukiu raudoną prisiminimų dėžę ir ją atidarau. Atidarau ir jau net nebeprisimenu, kaip ten viskas, bet iškraustau. Apžiūriu kiekvieną daiktelį, o atsipeikėju tik tada, kai žvelgiu į jau tuščią dėžę. Nes laikas suskubėjo. Dar pajuntu, kad visas mano veidas ašarotas. Aš jau stengiuosi į tokius dalykus nereaguoti, nes viskas, kas pastaruoju metu vyksta mano gyvenime, yra keista. Tikriausiai taip turi būti. Ką ten gali žinoti, koks tas gyvenimas.

Ir dabar jau vėl kita diena. Ji vėl keista. Bet aš jau, žinokit, nesistebiu, ir galite mane todėl pasveikinti. Monika jau daugiau kalba. Bet išties yra vis dar tokia pat. Taip. Džiaugiuosi, kad šundaktaris nebesirodo. Žinoma, tai nereiškia, kad nebepasirodys, bet vis tiek. Kol kas gerai be jo ir tuo džiaugiuosi. Robertas skambino tik kartą. Tikino, kad jam

viskas gerai. Tikiuosi, kad taip ir yra. O aš dabar vėl keliauju į teatrą, nes girdžiu, kaip jis mane kviečia, ir negaliu
jam atsakyti. Šiuo metu laikas eina kaip visada, ir tuo džiaugiuosi, nes man kiek baisu, kai jis pagreitėja. Apie mokyklą tiesiog nebegalvoju. O kam? Vis tiek šią savaitę neinu,
paskui savaitgalis. Laiko daug. Šaunu. Rankoje turiu kelis
daiktus iš dėžės. Trumpai sustoju ir pažiūriu. Net ranka
virpa. Ši nedidelė knygutė, kurią laikau – mano mamos.
Mamytės… Net nedrįstu jon dirstelti. Atverčiu tik storą vir
šelį. Ir matau nuotrauką. Jos ir mano. Dieve, kaip nepaprastai stebuklinga visa tai. Visa tai, ką ji man davė. Ir šita
nuotrauka… kaip aš galėjau jos nepasigesti ir net neieškoti. Aš bijau? Esu išdidi ar šiaip paplaukus? Ir tas, ir tas… Ai.
Kas – tas? Dabar laikas dar kartelį giliai įkvėpti, užsimerkti, tada atsimerkti ir matyti viską kiek kitaip. Taigi.

Išsitraukiu žiogelį ir įkišu į rakto skylutę. Tarška. Išgirstu kažką apačioje. Baugu. Nors išties suprantu, kad nieko
labai baisaus nebūtų, jei ką ir sutikčiau, bet taip jau yra,
kad pirma mintis, šovusi man į galvą ir beveik mane nušovusi, buvo: *I'm dead.* Greitai suku žiogelį, paspardau kiek
duris, patrypčioju – ir atsiduriu kitoje durų pusėje. Tyliai
ir atsargiai uždarau jas. Jau tylu. Valio. Salėje, t. y. apačioje, dega blanki šviesa. Bet taip ir turi būti. Matyt, Pilypukas tvarkosi. Man šalta. Aš susmunku ant žemės ir sukry
žiuoju kojas. Įkvepiu. Užsimerkiu. Atsimerkiu. Gėriau. Apsidairau. Viskas kaip visada. Man tai patinka. Atsiverčiu
knygutę, kurią laikau rankoje. Nuotrauką pasidedu šalia.
Širdis greičiau daužosi ir eilinį kartą jaučiu ašaras. Taip,
sutinku, tai jau nesveika. Su-tin-ku. Bet, patikėkit, man neišeina kitaip. Greitai sklaidau puslapius, nenorėdama skaityti ir visko matyti. Sustoju, kai švysteli kažkas spalvota. O

užrašyta tik tiek: 1981. Tai reiškia, kad kai ji visa tai rašė, ką aš dabar laikau rankoje, jai buvo apie šešiolika metų. Kažkaip negera. Lyg laikyčiau jos šešioliktus metus rankose, lyg laikyčiau jos atsiminimus, tam tikras akimirkas. Nusipurtau. Net ir tuščiuose puslapiuose aš jaučiu ją.

Viename puslapyje randu įrašą:

Lyg būčiau laimingiausia pasaulyje, tiesiog mylėdama mėnulį.

Tiesiog taip.

Ašara, dar viena, ir dar… ir… tiesiog mylėdama mėnulį. Šniurkščiu. Gera paglostyti šiuos puslapius, lyg glostyčiau ją.

Kas čia dabar? Kas per?.. Kas vyksta? Mano ausis pasiekia muzika! Garsi be galo ir… lyg iš prisiminimų. Ne… Ne! Padėkit, maldauju. Ir vėl laikas pagreitėja ir nebesišypso, o susirūpinęs bėga. Kodėl šitos sienos nenori su manim draugauti ar bent nutildyti viso šito. Sunku ką nors matyti pro ašarotas akis. O laikas nestoja. Nors aš ir prašau. Kodėl? Kodėl?! Lyg mama būtų netoliese. Tokia muzika patiko jai! Jai, o ne man! Suprantat?! Atsistoju kiek svirduliuodama ir man atrodo, kad esu kažkur labai toli nuo čia. Kažkur kitur. Vis dar ta pati blanki šviesa. Suprantu, iš kur ta prakeikta muzika. Matyti siluetas žmogaus, grojančio tuo sušiktu daiktu, vadinamu saksofonu! Nesąmonė. Ne-są-mo-nė! Suprantat? Viskas ne taip. Visiškai.

– UŽSIČIAUPK! NUTILK! – ir garsus kūkčiojimas apskrieja visą salę, kiekvieną jos kampelį. Dar kiek skambėjęs, instrumentas nutyla. Mano emocijos, deja, ne. Atrodo, galėčiau šokti ten apačion ir pasmaugti tą žmogystą. Dabar ir čia. Dairausi ir jaučiuosi beprotiškai. Kiek pakūkčioju, padejuoju, parėkiu, kol pagaliau jaučiu galinti vėl ramiai atsisėsti. Tik mažumėlę nusiraminusi suvokiu, ką aš čia išdarinėju. Kad ir kaip man vis dar negera, suprantu – dabar būtų geriausia lėkti iš čia, nes čia būti aš lyg ir neturiu teisės. Vis dar sunku matyti ir suvokti aplinką, o ypač save. Kodėl taip yra? Kam to reikia? Muzika vis dar skamba ausyse. Man tai labai nepatinka. Taip ir matau tą vaizdą: mama guli lovoje ir kartu su radiju niūniuoja šią dainą. Taip, tą pačią. Aš jaučiu, kad visi kažkaip prieš mane susimokę. Tai negali būti tiesiog atsitiktinumas. Šluostausi ašaras, nes jos nenustoja tekėjusios. Nesuprantu. Lėtai linguoju pirmyn atgal, taip jaučiuosi ramiau. Kaip man pikta. Pikta pikta pikta! Ką aš čia dabar darau? Ką?! Pikta ant visos šios teatro aplinkos. Visą laiką maniau, kad ši vieta yra vienintelė tokia. Ji skirta man. Ji padeda man. O, pasirodo, ne visai. Apsigavau.

Staiga atsidaro durys. Greitai šluostausi akis. Nesuvokiu, kas čia per... suprantu, kad, matyt, reikėtų nešdintis. Nesugebėsiu nieko aiškinti. Kodėl aš čia ir pan.

Prieš mano akis tarp durų pasirodo figūra. Kažkodėl pasidaro net nebe taip baisu. Man tas pats. Nesvarbu, kas čia. Niekas man nesvarbu. Kas blogiausia gali atsitikti? Ogi nieko. Išvarys mane iš čia, ir tiek. Pirmiausia suprantu, kad toji figūra dėvi Pilypuko uniformą, tik kiek pataisytą. Kelnės ilgos ir neaptemptos. Viskas kaip turi būti. Tik veidas tikrai ne Pilypuko. Pamatęs mane, jis kiek sutrinka. Žiūriu į tą vaikiną ir įsivaizduoju, kaip kertu jam galvą... neužtenka to, kad pravirkdė mane, dar kažko nori. Jis uždaro duris ir lėtai artėja manęs link. Ne. Jis ramiausiai atsisėda ant balkono turėklų ir niūniuoja tą pačią melodiją, kurią ką tik grojo. Man jau nejuokinga. Visai nejuokinga. Apsikabinu kelius ir pati nesuprantu, ką aš vis dar čia veikiu. Jis atsistoja priešais. Jaučiuosi kvailai visa apsiašarojusi. Pakeliu akis.

– Nepatinka džiazas?

Pritarkit man – tokius šaudyti reikia. Atsistoju ir jaučiu, kad nelengva bus eiti. Lyg kojos būtų ne mano. Aš visa nesava, o tas idiotas stovi kaip stovėjęs, ir tiek. Lėtai einu prie durų ir bijau, kad neparpulčiau.

– Ką tu čia darai?

– Einu. Nematai?

Atsisuku, o jis stovi toks rimtas ir žiūri į mane. Noriu jam trenkti, bet nesugebu net pajudėti.

– Kaip tu čia patekai?

Pasidaro kiek nesmagu, nes mano buvimas čia nebe paslaptis. Ir vėl viskas liejasi.

– Ar tau neužtenka to, kad du kartus mane pravirkdei? Ne?! Ko tau dar reikia? Nori, kad užduščiau nuo visos šitos sušiktos nesąmonės? Taip?

Jo išraiška nesikeičia. O mano pasikeičia. Mano veidas dabar turėtų būti persikreipęs, raudonas ir pan. Užsidengiu jį rankomis ir vėl atsiduriu ant žemės. Kaip man negera! Ne-ge-ra!

– Klausyk, jei tau nuo muzikos norisi verkti… tai tau, švelniai tariant, ne viskas gerai… ir…

– Ne viskas gerai?! Aišku, kad man ne viskas gerai. Man negera. Man labai negera…

Man nepatinka kalbėti, kai balsas dreba, ir sunku pasakyti, ką noriu.

– Ir kitaip būti negali. Taip bus visada. Ir… Tu idiotas, žinai?

– Ramiai ramiai, gerai. Tu gal čia žudytis atėjai ar ką?

– Žudytis? Gera mintis…

– Aš tik…

– Užsičiaupk pagaliau. Ir palik mane ramybėj. Pažiūrėk tu į save. Groji debilišką muziką, o dar kaip atrodai. Valytojas?

– Ir?

– Žema.

– Žema yra apsižliumbti klausantis džiazo, o paskui iš-
vadinti kitą žmogų idiotu tik už tai, kad padėjo tau atsi-
kratyti litru ašarų, supranti? Tai yra žema. Ir idiotiška. Taip
pat kaip ir gailėtis savęs. Tu pati pažiūrėk, kaip atrodai!
Normalūs žmonės taip neatrodo.

Dieve, padėk. Padėkit visi kas galit. Nebegaliu. Liejasi
per kraštus viskas, kas manyje yra. Noriu ramybės.

– Aš niekada ir nesakiau, kad esu *normalus* žmogus.

Įkvėpusi pasistengiu susiimti ir uždarau paskui save du-
ris. Nebegaliu. Viskas.

Dienos eina nereikšmingai. Aš vėl imu dažniau verkti ir
sapnuoti nesveikus sapnus. Nežinau... kaip kokia liga. Ne-
sąmonė visiška. Sėdžiu dabar ir galvoju, ką čia veikiu. Ką
turėčiau veikti... Jaučiuosi beviltiškai. Šlykščiausia, kai tą
dieną išėjusi iš teatro supratau, kad palikau ten tuos daik-
tus. Klaiku, nes suvokiau, kad dabar ten grįžti jokiu būdu
negaliu. Kur jie dabar? Kodėl aš nepagalvojau išeidama?
Nesvarbu. Juk iš tikrųjų visiškai nesvarbu. Bet tas suknis-
tas ožys... idiotas. Jei tik pamatyčiau, iš karto užsmaug-
čiau. Aš rimtai. Vien tik pagalvojusi apie jį, imu drebėti iš
pykčio. Šlykštu.

O Monikai jau daug geriau. Ir į darbą eina. Ne taip daž-
nai, kaip visada, bet svarbu, kad eina. Šundaktaris kartais
jai paskambina. Paskutinį kartą jį mačiau būdama polikli-
nikoj, nes man reikėjo pažymos į mokyklą. Ir žinot ką? Ten
jis atrodė daug padoriau. Elgėsi normaliau ir šiaip buvo
labiau panašus į kitus žmones.

Aš labai daug ko nesuprantu ir man tas be galo nepatinka. Labai. Ir dabar sėdėdama ant grindų savo kambaryje, atrėmusi nugarą į lovą, aš kuriu savo kelionės planą, nes man jau atsibodo. Viskas. Monikai jau bandžiau sakyti, kad norėčiau aplankyti tėtį. Ji labai nesureagavo. Bet linktelėjo. Tai gerai. Manau.

Dvyliktas

Braižyti man nesiseka. Net paprastą kubą man sunku nubrėžti taisyklingai. Pakeliu akis. Tas senas krienas sau po ūsais burba apie tai, ką tik jis vienas supranta. Apsidairau po klasę. Niekas jo neklauso. Du bendraklasiai snaudžia, daugelis kitų šiaip kalbasi, Patricija skaito ir pan. Smagu. Galvoju – ką čia veikiu? Ką? Man čia ne vieta. Pažiūriu pro langą. Saulė šviečia. Oras pasitaisė. Kaip smagu būtų dabar gulėti kokiame parke ant žolės ir stebėti debesis. Atsiverčiu sąsiuvinio galą ir didelėmis raidėmis užsirašau: MISIJA ĮMANOMA IR BUS ĮVYKDYTA (MISSION: POSSIBLE AND I WILL DO IT)! Va taip. Jau kai taip užtikrintai ką pasirašai, tai ir turi įvykdyti. Visas mano planas atrodo taip:

MISSION: POSSIBLE AND I WILL DO IT!
(tiesiog angliškai geriau skamba)
LAIKAS: galbūt ateinanti savaitė.
KUR: bet kur.
TIKSLAS: nėra.
KĄ VEIKTI: tiesiog sėsti į traukinį ir važiuoti bet kur.
Aplankyti bent du miestus ar kaimus,

kuriuose turėčiau kur miegoti. Veikla turi būti absoliučiai neapgalvota ir nesvarbu kokia. KĄ TURIU PADARYTI, KAD ŠI KELIONĖ TIKRAI BŪTŲ ĮMANOMA:

> a) Monikai pasakyti, kad išvykstu aplankyti tėčio,
>
> b) sumąstyti, kur vis dėlto vykstu,
>
> c) (ir svarbiausia) susirasti kompanioną (iš tiesų visai to nenoriu, bet, logiškai mąstant, vienai man nebus gerai. Galų gale, jei kas šaus, turėsiu kuo prisidengti).

Suskamba idiotiškas skambutis ir visi staigiai pakyla. Pažiūriu į savo suolo draugą. Jis į mane. Nusišypso. Aš irgi. O tada išeina. Aš lieku viena klasėje ir pasidaro nesmagu. Per kelias sekundes atsiduriu lauke. Apsidairau. Viskas kaip įprasta. Įkvepiu malonaus oro ir pasidaro geriau. Kol kas.

Nusipurtau, bet suprantu, kad taip reikia. Prasmuksiu ir pažiūrėsiu, ar jie ten dar yra. Daiktai. Nesąmonė. Jie negalėjo visą laiką ten gulėti. Juk spektakliai ir panašiai, žmonės ten sėdėjo. Ką tas kvailys su jais padarė? Užmušiu, jei jų nerasiu. Nors... ir taip užmušiu. Sustoju prie šviesoforo ir laukiu žalios. Prie manęs stovi maža šlykšti mergaitė su mama. Abi šlykščios. Matosi, kad mamai visiškai neįdomu, ką ta maža mergišcia šneka. Žinoma, man taip pat nebūtų įdomu, bet aš juk ne mama, o mama turi būti tokia, kuriai būtų įdomu klausytis kiekvienos vaiko nesąmonės. Cha! Prisiminiau juokingą istorijėlę. Man buvo gal kokie šešeri metai. Buvo vasara, mes su mama kažkokiame parkelyje. Ji gulėjo ant saulės ir deginosi, o aš piešiau. Keista, kad taip gerai tai prisimenu. Nupiešiau kažkokį padarą ir sugalvojau jam vardą. Iš tiesų neprisimenu nei kaip jis atrodė, nei koks jo vardas. O jaučiausi tikra gudrutė, kad taip nupiešiau ir dar tokį vardą sugalvojau (gal kas panašaus į Malalaipararaitis, taip, vargšas padaras). Visa išdidi pakeliu galvą nuo piešinio ir imu kumščiuoti mamą. Tai turėjo reikšti: mieloji mamyte, pažiūrėk, kokia aš šaunuolė! Kurgi ne. Mama, aišku, greitai atsipeikėjo, buvo užsnūdus.

– Pažiūrėk, mam, kokį padarą padariau, – iš prigimties gudruolė.

Mama neima dejuoti, kam ją pažadinau, ar aiškinti, kad negražu mušti mamą. Ji nusišypso ir paglosto galvą. Žinoma, kai pradedu jai aiškinti, kad ji turi atspėti jo vardą, kuris yra iš 18 raidžių, kiek suirzta, bet mes sužaidžiam „kartuves", ir mama jau žino padaro vardą. Kaip jau sakiau, nežinau, ar tai tikrai buvo Malalaipararaitis. Gal visai koks kitas. Tiesiog tokio pat nesąmoningumo lygio.

Dar kartą pažiūriu į tą mergiūkštę. Dabar jau ir ji į mane spokso. Užsidega geltona ir aš jau pradedu eiti. Girdžiu, kaip ji sako mamai: „Kas tai mergaitei ant žando? Fuuu". O mama: „Ką čia kalbi? Neišsigalvok nesąmonių".

Gerai. Smagu. Ačiū.

Mano randas gąsdina žmones. Ne visus, žinoma, bet daugelį. Man visai įdomu stebėti žmonių reakciją. Kartą, seniai, prieš kelerius metus, kai tik stengiausi su juo apsiprasti, vienas vaikas net pradėjo verkti dėl mano rando. Buvo visai mažutis. Jo rankytė buvo mažyčio abrikoso dydžio. Kažkodėl ją įsiminiau. Man rodos, buvau su tėčiu kažkokiam prekybos centre. Stovėjome parduotuvės eilėj, ir tas vaikutis su mama stovėjo prieš mus. Mama stovėjo nugara į mus ir laikė vaikutį priglaudusi prie savęs. Mums

matėsi jo galvytė ir ta rankytė. Aš į jį žiūrėjau. Ir jis nu-
sišypsojo. Tikrai. Aš nustebau ir man buvo malonu. Pa-
bandžiau šyptelėti jam taip pat. O tada jo šypsenėlė išny-
ko. Jis įsispoksojo į mane. Aš jaučiau, kad jis žiūri tiesiai į
mano randą. Žinoma, juokinga taip sakyti, nes negaliu
būti visiškai tuo tikra, bet beveik buvau. Kai supratau,
kur jis žiūri, paliečiau savo randą. Man pasidarė labai ne-
smagu. Kai jį paliečiau, tas vaikutis pradėjo klykti. Labai
labai garsiai ir graudžiai. Buvau įsitikinusi, kad jis išsi-
gando rando. Tada, beje, jis atrodė dar baisiau nei dabar.
Tai buvo visiškai suprantama. Ir nuo tos dienos aš ypač
pradėjau gėdytis rando ir nenorėjau susidurti su mažais
vaikais. Taip iki šiol.

Teatre stengiuosi elgtis tyliai. Kaip plėšrūnas, tykantis
grobio. Šįkart sunkiau pavyksta atsidaryti duris. Susiner-
vinu. Įėjusi pastebiu salėje blyškią šviesą, bet kol kas nieko
nesimato ir nesigirdi. Apsidairau. Ten, kur palikau, mano
daiktų tikrai nėra. Susinervinu dar labiau. Apieškau visas
pakampes. Nėra. Gerai. Šaunu. Ne, tiesiog *fantastic*. Aš jį
užmušiu! Ne, bet rimtai. Nes man nebejuokinga. Jei kas
nors rado ir išmetė ar… ar tiesiog pasiėmė? Nesąmonė.
Jam galas. Jo galui galas taip pat. Atsiprašau. Taigi. Atsisė-
du kaip man įprasta ir mąstau. Ką dabar daryti? Jo net ne-
sigirdi, gal jis čia nebedirba, o gal tik šiandien jo nėra. Gal
viso to net nebuvo? Nesąmonė. Ką aš čia kalbu? Atsistoju
ir persisvėrusi per turėklus bandau įžiūrėti ką nors apa-
čioje. Nepavyksta. Būtų gerai ten, į apačią. O ką tada dary-
čiau? Galbūt jo paieškočiau. O tada? Pareikalaučiau savo
daiktų. Akimis pamatuoju nuotolį nuo čia iki salės grindų.
Manau, kad nedaug. Apsižiūriu ir suprantu, kad būtų ne-
sunkiai įmanoma pasiekti apačią. Patikėkit, nepučiu jums

arabų, po pusės minutės jau esu apačioje. Tiesa, mano būklė nekokia. Krisdama labai nikstelėjau kairiąją ranką. Stipriai suspaudžiu lūpas, kad nerėkčiau ar necypčiau. Negaliu. Glostau ranką ir bandau įsivaizduoti, kad nieko nebuvo. Neišeina. Negarsiai suspiegiu, ir pasidaro kiek geriau. Apsidairau, jaučiuosi beviltiškai. Šiaip taip atsistoju prilaikydama ranką. Nemalonu.

Ir staiga pagalvoju, kad vėl viskas labai keista. Taip, žinau, kad tai sakiau ne kartą. Tačiau tikrai keista yra tai, kad esu čia pirmą kartą. Čia, šioje salėje. Balkonas nesiskaito. Dabar liečiu sceną ir jaučiu, kaip maži, aštrūs šiurpuliukai paglosto nugarą. Galvoju, kodėl. Kaip taip gali būti? Suprantu, kad net nesu mačiusi mamos scenoje. O gal? Keista… Taip, kiek prisimenu.

Kažkada snarglėtoj vaikystėj esu čia buvus. Nieko neprisimenu, nei ką mačiau, nei kaip atrodė mama. Tik prisimenu, kad čia nebuvo malonu. O paskui aš pati nebenorėjau eiti, kol visai tai pamiršau. Žinojau, kad mama aktorė ir vaidina šiame teatre, bet tiesiog neateidavo į galvą eiti pažiūrėti spektaklių su ja. Žinau, keista. Pati ką tik tai supratau. O kodėl mama niekada nebesiūlė man ateiti? Tai buvo jos darbas ir aš nemaniau, kad reikėtų jį stebėti. Gerai, kitą kartą matydama šlykščią mergaitę susilaikysiu, ir pati buvau puskvaišė. Gal buvau atsilikusio mąstymo? Bet lyg ir ne… Niekada teatras man neatrodė kas nors įdomaus ar kaip pramoga, man jis asocijuodavosi tik su darbu. Atsisėdu ant scenos. Ir tikrai dabar daug labiau susimąstau – ne apie tai, kad nenorėdavau čia eiti, bet dėl mamos. Dabar stebiuosi. Stebiuosi, kodėl ji man taip mažai apie tai pasakodavo. Aš mačiau, kaip ji myli teatrą, ir žinojau, kad negalėtų be jo gyventi, bet kodėl tada ji man apie jį nepasakodavo? Tik kartą. Tik tą kartą aš prisimenu, kai ji man pasakė apie teatrą taip: scena yra viskas. Viskas, ko man reikia.

Man nebuvo malonu tai girdėti. Norėjosi, kad mama sakytų, kad aš jai svarbiausia. Kai jai pasakiau tai, ji nusišypsojo akimis ir pasakė: myliu tave labiau už viską. Bet be teatro nebūtų tavęs. Todėl jis ir yra nuostabus.

Čia maloniai vėsu. Atsistoju ir bandau įsivaizduoti, koks turėtų būti jausmas stovėti čia, kai salėje pilna žmonių.

Kas tai yra teatras? Nežinau. Aš tikrai nežinau, kas tai yra. Kas yra scena, kalbant ne tiesiogine prasme? Staiga kažką išgirstu šnarant ir kairėje scenos pusėje pamatau nugarą. Tokią plačią ir kiek susilenkusią. Nežinau, ką daryti. Šiaip ar taip, nespėju net pagalvoti, kai pamatau ir *tos nugaros veidą*. O, Dievulėliau. O, jergutėliau. O, Alachai, ir o, Buda (tik negalvokite, jog manau, kad jergutėlius yra koks nors Dievas. Tikrai ne)! Net nespėju pabėgti. Kaip norėčiau ką nors į jį sviesti ar bent drėbti kokius kietus žodžius. Ne, nespėju. Jis pirmas, tas kvailas vaikinpalaikis, surinka:

– KAS PER?!. – visas persikreipusiu ir susiraukusiu veidu. – KĄ TU ČIA?

Žinau, aš tą patį galvoju: *what the*?.. Šiaip tikrai smagu, kai žmogus pamatęs tave nudžiunga, ar ne? Džiaugiuosi, kad jam po ranka nesimėto plyta.

(Nustėrus mano laikysena ir kiek išsprogusios akys.) Niekada negalvojau, kad esu graži, bet kad tokia baisi ir gąsdinanti... Man kalbant jam dar spėjo iškristi iš rankų šluota, ir jis, nusiėmęs savo kvailą kepurę nuo galvos, gniaužo ją rankose. Ir ką man daryt? Ne, paklausiu kiek kitaip: ką jūs darytumėte mano vietoje? Ogi šūdą maltumėt, tą aš ir veikiu. Ir svarbiausia, supratau, kad taip absurdiškai dar nesijaučiau, ir ranką, beje, žiauriai skauda.

– Bet tu rimtai idiotas. Ne, geriau patylėsiu. Kaip norėčiau ką nors paleisti į tavo kvailą marmūzę! Ai... – užlūžo balsas ir ėmė diegti ranką. Stoviu su nukarusia ranka ir bandau suprasti, kas čia vyksta. Tramdau ašaras, jaučiu, kaip viskas debiliška. Pagaliau pakeliu akis į tą padarą. Negaliu. Tikrai vemt verčia. Aš jums nuoširdžiai sakau. Nervina susivėlę, garbanoti jo plaukai ir įžūlus žvilgsnis. Taip. Būtent. Jis tiesiog ramiausiai stovi ir žiūri į mane. Ir atrodo, kad jam absoliučiai nusispjauti į tai, kas čia vyksta.

– Tu nesupyk... bet man primeni kažkokį gyvūną. – ??? – A! Taip, tokią mažą koalą, o gal... ne, taip – koalą. – !!!

Trys gilūs įkvėpimai nepadeda. Iš vienos pusės, aš lyg ir suprantu, kad visa tai juokinga, bet man taip negera, kad norisi klykti, o ne juoktis. Man pikta. Sakau nusisukusi drebančiu balsu:

– Atiduok mano daiktus. – Nusišluostau ašaras ir dar kartą įkvepiu. – Suknistas kumelys.

Girdžiu jo juoką ir laikas vėl pradeda skubėti. Nebekreipiu dėmesio į ašarotas akis ir atsisuku. Jis negarsiai tranko šluotą į grindis ir žvengia. Nežinau, ką darau. Prieinu. Ką aš čia? Ir:

– Aa... oooo. Ne, aaa... – SPYRIAU Į KIAUŠIUS, JEI JIS TOKIUS TURI. CHA! Va dabar jau ir man linksmiau pasidaro. Mano liūdesiui, neilgai padejuoja. Pagaliau rimčiau pažiūri į mane.

– Gerai. Gal baikim. Kažkaip idiotiška čia viskas išeina, – pagaliau susiprato. – Ko tau iš manęs reikia? – aš tik prasižioju, ir jis iš karto drebia:

– Neee, to negausi. Tik ne čia.

Plytos, man taip reikia plytos.

– Atiduok mano daiktus.

– Kokius dar tavo daiktus?

– OŽYS NERALIUOTAS! Palikau čia daiktus…

Šią minutę supratau, kad jis neprivalo turėti mano daiktų, nes jis jų neatėmė iš manęs ar panašiai. Aš juos pati ten palikau.

– …ten, balkone. Ir manau, kad juos paėmei. Jei turi, tai duok.

– A. Taip. Prisimenu dabar. O iš pradžių gal gali man paaiškinti, ką tu čia darai?

– Man atrodo, laukiu savo daiktų! To čia ir atėjau. Kuo greičiau juos gausiu, tuo greičiau dingsiu iš čia.

– Dabar jų neturiu.

– Ką? Tai… kur jie?!

– Namie, matyt.

– Klausyk, man visiškai nejuokinga, ir jei…

– Rimtai sakau. Jie mano namuose.

– Ką mano daiktai daro tavo namuose?! Kas tau leido iš viso juos liesti?

– Tu dar maža ir kvaila, ar ne?

– Užsičiaupk, kvaily. Tu šlykštus…

Aš tikrai taip manau.

– Aš rimtai. Galvok, ką šneki. Man reikėjo tavo daiktus palikti čia, salėje, kad rastų kokie kiti žmonės? Aš net nemaniau, kad dar tave sutiksiu. Turėtum būti dėkinga, kad neišmečiau.

Deja, turbūt jo tiesa. Bandau tvardytis, nes tenka pripažinti, kad nesielgiu dabar labai protingai.

– Gerai. Šiaip ar taip, man tų daiktų reikia.

– Kiek tau metų?

– A… keturiolika.

– Taip ir maniau.

Visažinis. Kaip nevirškinu tokių padarų, kaip šis…

– O tau?

– Septyniolika.

– Septyniolika, – nusijuokiu. – Senis atsirado.

– Tai žinoma, – jis vėl užsideda kepurę. – O rimtai, ką tu čia darai? Kaip čia patenki?

– Ilga istorija. Man čia patinka. Taip netyčia išėjo. Taip… Ranką skauda ir jaučiu dar nenudžiūvusias ašaras.

– Mano mama čia dirbo ir aš atėjau apsižvalgyti vieną dieną, ir dabar nuolatos ateinu. Nesidomiu teatru, tiesiog man čia patinka. Ramu.

– Tavo mama aktorė? Kokia pavardė?

Man rodos, iš mano reakcijos jis supranta, kad nenoriu apie tai kalbėti. Pasidaro dar graudžiau.

– Ir niekas tavęs nepastebi? Durys juk rakinamos.

– Ne, ateinu tokiu laiku, kai beveik nieko nebūna. Turiu „grafkę" ir atsirakinu.

– Visada galvojau, kad neblogi užraktai, o, pasirodo, ir „grafke" galima atidaryti duris. Šaunu.

– O ką tu čia?

Atsikrenkščiu, nes balsas vėl gergždžia. Nuryju seilę, nesuprantu, kam aš čia dabar su juo kalbuosi.

– Dirbu. Nesimato? – kiek šypteli. – Norisi savų pinigų užsidirbti. Pamatyti ką nors daugiau.

– Bet juk tu net nepilnametis. Čia priima tokius?

– Iš tikrųjų tėvai parūpino darbą.

– A.

– Bet kadangi aš, skirtingai nuo tavęs, teatru domiuosi, tai man čia patinka. Gal ir nelabai smagu šluoti dulkėtus užkampius, užtat galiu pasigroti, kai tik noriu. Ai. Tau alergija nuo džiazo, ar ne?

– Panašiai. Bet klausyk. Dar kartą sakau, man tų daiktų reikia, nes ruošiuosi už kelių dienų išvažiuoti ir noriu juos pasiimti kartu.

– Kur važiuosi?

– Dar nežinau.

– Su kuo?

– Dar nežinau.

– O ką veiksi?

– Net neįsivaizduoju.

– Tai... šaunu.

– Aha...

Ir aš pati galvoju, kad esu labai naivi.

– Gal... tau reikia pagalbos?

Nusijuokiu.

– Įdomu, kokios? – jis pakelia akis ir nustoja daužyti šluota į grindis.

– Neatrodo, kad būtum pasiruošusi kelionei. Aišku, smegenų neįkrėsiu, bet šiaip... galėčiau papasakoti, ko reikia, kad tokia lengvabūdiška kelionė pasisektų.

– Nesu aš tokia kvaila.

Iš tiesų man nuoširdžiai pikta, suprantu, kad jis mano, jog esu tik kvaila keturiolikmetė. O baisiausia, kad ir man pačiai atrodo, jog taip yra. Aš esu paprasčiausia paplaukusi keturiolikmetė. Nesvarbu, kad neseniai atrodė, jog esu ypatinga. Protas susimaišė. Esu maža kvankelė, ir tiek.

– Gal...

Ranką vis dar diegia.

– Gal ir neišmanau apie tokias keliones, į kokią ruošiuosi vykti, bet, manau, esu gyvenime mačiusi daug daugiau nei tu.

Jis nusijuokia, o man dar pikčiau.

– Labai įdomu būtų sužinoti, ką jau taip ypatinga esi mačiusi gyvenime?

Tada aš susimąstau ir suprantu, kad patylėsiu, nes visiškai nenoriu dabar visko pasakoti nepažįstamam septyniolikmečiam bernui, mėgstančiam teatrą ir šluojančiam salę. Taip pat suvokiu, kad savo gyvenimiška patirtimi tikrai jį lenkiu, netikiu, kad jis išgyveno ką nors panašaus. Tiesiog pažiūriu į jį ir pasidaro keista – jis man primena tą vaikiną iš sapno. Ne iš išvaizdos, o tiesiog viskas dabar taip pat keista, kaip tam sapne. Nerealu ir beprotiška. Kokį šimtąjį kartą galvoju, ką aš čia veikiu, ir negaliu suprasti. Prisimenu tik daiktus.

– Palik kur nors mano daiktus. A… kad ir toj būdelėj, kur juokinga moteris dirba. Atrodo, mano rankai kažkas ne taip...

Laikas vis dar skuba, ir man, kaip visada, tai nepatinka, galvą skauda ir šiaip viskas…

– Tai… a… gerai. Man reikia baigti tvarkyti.

Aš apžvelgiu salę ir pagaliau jaučiu, kad vėl laikas nurimo, ir viskas pasidaro aiškiau. Et… Gerai. Dar kartą pažiūriu į jį. Jis vėl šluota stuksena į grindis. Nušoku nuo scenos ir jaučiu, kaip virpa ranka. Einu durų link. Uždarydama jas tyliai pasakau „ate“.

Nemanau, kad jis išgirsta.

Tryliktas

– Manau, tik pasitempei. Neatrodo, kad kas rimta.
Tiek daug Monika jau seniai nebuvo pasakiusi. Taigi.
Nėra to bloga, kas neišeitų į gera.

– Jau mažiau skauda.

Pasikasau galvą ir pažiūriu pro langą – tamsus dangus
ir mažutėlis mėnulis. Įdomu. Ką tik suvokiau, kad pradė-
jau pastebėti dalykus, kuriuos buvau pamiršusi.

– Kaip sekėsi mokykloj? – ji mane iš tiesų stebina. Koks
iškalbingumas!

– Puikiai.

Pažiūriu į ją. Jos ploni naktiniai marškiniai ant mažo kū-
no atrodo labai juokingai. Ji sėdi ir vynioja tvarstį. Atrodo
ne tik neįprastai sveika, bet ir įtartina. Tokia… rami ir ma-
loni. Dėl to man baisu, nes žinau, kad gali bet kurią aki-
mirką pratrūkti.

– Iš tiesų nekaip. Sunku susikaupti.

Monika atsistoja ir padeda tvarstį į spintelę, tada įsipila
arbatos iš nedidelio juodo arbatinuko.

– Žinai, gal iš tiesų tau reikėtų aplankyti savo tėtį.

Ačiū visiems švenčiausiems dievams ir jergutėliui, žinoma! Stengiuosi akivaizdžiai nedžiūgauti.

– Manau, kad tau nepakenktų savaitė atostogų.

Man tikrai nuoširdžiai neramu. Labai. Aš jau ir taip savaitę nėjau į mokyklą, o ji dar siūlo išvažiuoti pas *tėtuką*? Mano tetulė ne tokia. Ji man niekada be priežasties neleidžia neiti į mokyklą. O čia dabar? Iš tiesų nesuprantu. Negi taip dėl Roberto? Šiuo metu ji tikrai atrodo pasikeitusi.

– O... kaip reikės pateisinti praleistas pamokas?

Žinau, jog esu kvaila, kad tokiu šauniu momentu apie tai galvoju, bet reikia pamąstyti ir apie ateitį, nes aš visai nenoriu būti išmesta iš mokyklos... nors... Dėjau skersą ant tos mokyklos!

– Ką nors sugalvosim. Aš pakalbėsiu su auklėtoju. – Monika gurkšteli arbatos. – Tavo tėtis šiandien skambino. Iš tiesų tai aš susitariau, kad tu pas jį atvažiuosi. Ir susitariau, kada.

Šaunumėlis. Va kur šuo užkastas. Ji kažką rezga. Monika nori manęs atsikratyti. Aišku. Viskas taip paprasta. Ji susidėjo su tuo šundaktariu ir nori praleisti nepaprastą savaitę mėgaudamasi juo...

– Aš laukiuosi. – O JERGUTĖLIAU! *WHAT THE?*..

– Tu su juo miegojai?! Juk tas šundaktaris išsigimęs! Ir, beje, ar žinojai, kad jis turi šeimą?

O va dabar tai tikrai atrodo, kad sapnuoju. Pabandau peržvelgti savo gyvenimą ir dar kartą suprantu, kad jau laikas susitaikyti su tuo, kad jis beprotiškas. Ir kodėl negali viskas kiek aprimti? Bent trumpam?

– Jis nuo Roberto. Aš jau mėnesį nėščia.

Tai greita moterėlės reakcija. Pasidaro juokinga. Ir jaučiuosi nemaloniai dėl savo atsirišusio liežuvio. Dar kartą noriu padėkoti kažkam, kas sėdi ant debesų ir retkarčiais pagelbėja. Kaip viskas būtų, jei pas mus apsigyventų tas ponas dėdė daktaras? O, švenčiausiasis... aš net bijau pagalvoti. Baisu. Nepakeliama. O... o koks tada būtų vargšas vaikutis? Vargšas dėl savo tėvų ir, galiu lažintis, dėl savo išvaizdos. Netikiu, kad iš tokių dviejų išeitų gražus vaikas. Na, bet iš Monikos ir Roberto irgi nekas... nors gal kiek geriau. Roberto balsas bent jau necypiantis, todėl yra galimybė, kad Monika pagimdytų vaikelį su normaliu balsu. Bet nebūtinai. Na, nesvarbu. Atsiprašau, užsigalvojau.

– Atsiprašau, aš nenorėjau.

Monika šypteli, įsivaizduojat? Nuoširdžiai.

– Juk tas daktaras man net nepatinka.

– Taip, aš suprantu.

Kurgi ne. Bet turiu atgailauti ir elgtis padoriau.

Gulėdama lovoj viską vieškinu. Šiandien Monika dėl būsimo mažylio atrodo netgi patenkinta, bet juk mažiuko tėtis negyvena su Monika. Ir aš suprantu, kad jei Robertas sugrįžtų pas Moniką tik dėl to padarėlio jos pilve, nieko gero nebūtų. Bet kaip ji viena ruošiasi jį auginti? Negražu taip sakyti, bet man gaila to vaikeliuko... nors... jis turi mane. Juokauju. Žinoma, kad jis turi mane, bet aš nieko doro jam duoti negalėsiu. Dabar suprantu. Aš turiu padaryti ką nors, kad galėčiau jam padėti. Tam vaikeliui. Turiu ką nors padaryti su savimi, kad galėčiau būti jam teta.

Prisimenu kelionę. Kaip greitai viskas pasikeitė. Reikia kitaip viską suklostyti, nes pas tėtį aš iš tikrųjų turėsiu nuvažiuoti. Taip. Sugalvoju labai paprastą dalyką. Aš išvažiuoju jau poryt, pakeliui darau ką noriu ir vienai dienai nuvažiuoju pas tėtį, tik Monika to nežino, o su tėčiu susitarsiu atskirai. Pasakysiu, kad Monika nežinojo, jog man mokykloj kokia nors šventė, kurioje būtinai turiu dalyvauti. Jis, naivuolis, žinoma, patikės. Ne esmė, kad aš už jokius pinigus neičiau į jokią mokykloj rengiamą šventę. Jis to nežino. Valio. Puikus planas, tikėkimės, viskas bus gerai. Nieko. Juk aš pati pasakiau nėščiai tetai, kad dar paskambinsiu tėčiui ir dėl visko susitarsiu. Tai taip ir susitarsiu. Pasakysiu, kad tik dienai pas jį atvažiuosiu, o Monikai sakysiu, kad visą savaitę būsiu pas jį. Manau, ji labai nesidomės ir nesirūpins. Jai tik svarbu šią savaitę pabūti vienai. O tėtis? Ai, jam, kaip visada, visiškai tas pats. Guliu užsimerkusi ir galvoju apie vietą, kurioje dabar norėčiau būti.

Ir prisimenu vieną stebuklingą vietą, esu ten buvusi. Toks nedidelis miestelis, kur daugiausia mažų vaikų ir senienų. Prie didžiulio ežero. Aš prisimenu jo pavadinimą ir kurioj šalies pusėje yra, tačiau jį patį, tą miestelį, prisimenu labai miglotai. Tiksliai prisimenu tik tokį vaizdą: aš guliu prie didžiulio ežero ir žiūriu į žvaigždėtą dangų, ir dainuoju mamos mėgstamą dainą. Atsimerkiu ir suprantu, kad būtent to miesto kryptimi ir važiuosiu. Nesvarbu, kaip ir su kuo. Žinau, kad turiu atsigulti prie to ežero ir sudainuoti tą dainą. Taip turi būti, ir tiek. Suprantate?

* * *

Svarstau, ką jums čia esu pripasakojusi, ir suprantu, kad jūs galėjote susidaryti klaidingą nuomonę. Tai, žinoma, tik mano kaltė. Aš jums pasakoju tiek daug, bet nepasakau kai kurių svarbių ar tiesiog įdomių dalykų. Atrodo, kad mane ir mano mamą jūs įsivaizduojate kiek kitaip, nei yra ar buvo iš tikrųjų. Aš miniu vienus bruožus, bet nepaminiu kitų ir pan. Taigi, ką dabar išgirsite, bus lyg patikslinimai viso šio mano pasakojimo, mano gyvenimo, kad jums būtų įdomiau ir jūs aiškiau ir tiksliau viską įsivaizduotumėte. Kai kurie dabar pasakyti dalykai bus visiškai nereikšmingi, tiesiog jūs turėtumėte juos žinoti.

Taigi. Esu Severija. Ką vardas reiškia ir iš kur jis kilęs, nežinau. Darželį lankiau. Šiuo metu labiausiai patinkanti muzika yra natūralios gamtos garsai. Delfinai, miškas, jūra ir pan. Atpalaiduoja ir nuramina. Man patinka.

Niekada neužsiminiau apie tai, kaip aš atrodau, tiesa? Turiu galvoje rūbus ir pan. Man tai nelabai rūpi, bet manau, kad jums įdomu ir to nežinodami jūs sunkiau tiksliai mane įsivaizduosite. Taigi namie paprastai dėviu melsvą pižamą (man rodos, jau minėjau anksčiau), ant pižamos marškinių yra užrašas *Forever*. Žiemą po marškiniais vilkiu vienspalvius baltus marškinėlius, mūviu storas vilnones kojines, o vasarą vaikštau basa. Mėgstamiausias mano rūbas – ilgas gėlėtas sijonas (ne čigoniškas), kurį kažkada padovanojo toks tėčio draugas iš Slovakijos, bet tada man sijonas dar buvo per didelis, o dabar kaip tik. Man patinka žiema tik todėl, kad labai mėgstu vilkėti megztinius. Įvairiausius: megztus, nertus, storus, plonyčius, raštuotus ir vienspalvius. Megztinis man mieliausias rūbas. Todėl beveik visada ir vilkiu kokį nors megztinį – priklauso nuo metų laiko. Vasarą, žinoma, tenka dėvėti marškinėlius. Taigi, jei norite mane įsivaizduoti, matykite mane su ilgu sijonu ir megztiniu. Nors… suprantu, tai neturi jokios reikšmės, ar ne? Juk koks skirtumas, kaip aš atrodau.

Taip pat man patinka dideli batai. Įvairūs dideli batai. Negaliu pakęsti mažų, „mielų" batukų. Vasarą man patinka nešioti kepures. Ypač tokias, kurios dengia akis. Taip pat turiu man labai patinkančias rudas kelnes. Kad jūs žinotumėte, kokios jos patogios! Taigi. Neturiu daug rūbų, bet tie, kuriuos turiu, yra mano mėgstami. Ne, ne visai. Turiu ir tokių, kurių negaliu pakęsti ir niekada nevilkiu (Monikos nupirkti). Pomėgiai. Be tokių dalykų, kaip ėjimas į teatrą ar... (velniava, nieko jums daugiau ir nesakiau), man patinka vartyti labai senus žurnalus, kurių nusiperku vienoj parduotuvėj netoli mokyklos. Parduotuvės šeimininkė – sena moterėlė, ji labai pigiai pardavinėja senus, savo jaunystės žurnalus. Ji jų turi daug. Nežinau, ar specialiai saugojo, ar kaip ten buvo, bet dabar aš esu gan dažna jos parduotuvės lankytoja. Taip pat man labai patinka vaikščioti. Visur. Patinka vasaros vakarą užgesinus šviesą ir prasidarius langą tiesiog žiūrėti pro jį. Gal skamba kvailai, bet tada būna labai gera. Pabandykite. Taip pat, kaip jau, matyt, galėjote suprasti, aš labai daug galvoju, labai daug prisimenu ir pan. Negaliu sakyti, kad man tai patinka, bet, šiaip ar taip, tai darau dažnai. Aš turiu nedidelę lūpinę armonikėlę ir net neįsivaizduoju, kaip taisyklingai reikėtų ja groti, bet man vis tiek smagu ja „groti". Mano įpročiai. Miegoti prasižiojus, sėdint prie stalo į jį stuksenti, kalbant su žmogumi žiūrėti į akis, nosį pūstis labai garsiai, prisirišti prie senų įpročių ir žmonių, verkti daug ir dažnai, pradėti skaityti knygą ir nebaigti. Taigi. Manau, jau užteks.

Mano mama – Elena. Pagimdė mane būdama 26 metų, draugaudama su antru vaikinu per visą savo gyvenimą. Kaip pati kažkada sakė, jau būdama šešiolikos žinojo, kad nori būti aktorė. Žavėjosi teatru. Negalėjo be jo gyventi. Teatre dirbo 13 metų. Mano tėtį mylėjo labai trumpai, vėliau suprato, kad jis kvailas kaip bato aulas (tai jau minėjau), ir jie išsiskyrė. Be pykčio. Laisvalaikiu ji paprastai būdavo su manimi arba – *žr. toliau*. Ji visada man pasakodavo labai daug istorijų ir mokydavo įvairių dalykų. Mano mamai atrodė, kad privalo mane išmokyti daug dalykų, kad, kai užaugsiu, būčiau stipri asmenybė. Ji man taip sakydavo. Buvo netikinti. Mėgo aštrų maistą. Taip pat jai labai patiko žiūrėti filmus, ypač dramas. Mėgstamiausias filmas – „Meilės lapkritis" (su Kynu Ryvsu, man rodos). Mėgstamiausia muzika – džiazas. Visoks. Dažnai mane vesdavosi į įvairiausius džiazo koncertus. Jai nepatiko naminiai gyvūnai. Patiko lepinti save ir mane. Ji mane ir užkrėtė vaikščiojimu. Mano mama be galo mėgo skaityti, ypač – Dostojevskį, jo knygos buvo didžiausia jos atgaiva. Elena visais metų laikais mėgo dėvėti sukneles. Ji buvo nepaprastai graži. Dieviškai. Visada žinojau, kad ji patinka vyrams, bet taip pat žinojau, kad vyrų nekenčia. Ji nemėgo su jais bendrauti. Ne, ji nebuvo lesbietė, net neprijautė feministėms, tiesiog ištirpusi pirmoji jos meilė „atvėrė jai akis ir ji suprato, kad gyvenime su vyru daugiau neprasidės". Iš tikrųjų kelis kartus mačiau, kaip ji susižavėjo vyrais, kaip spindėjo jos akys, ir aš buvau laiminga ją tokią matydama. Tikėjausi, kad susiras kokį kietą vyruką, bet…

Visą laiką ji svajojo nuvykti į Japoniją. Mama skaitė apie šią šalį knygas, žiūrėjo filmus, klausė japoniškos muzikos. Jai tai buvo labai įdomu.

Mylėjo gamtą. Nepaprastai. Blogiausias jos įprotis buvo maždaug kartą per tris mėnesius visą dieną žliumbti. Nežinau, kas jai atsitikdavo, bet aš prie to pripratau, nors ir labai man tai nepatiko. Vis atrodydavo, kad aš ką ne taip padariau, nors ji visada kartodavo, kad aš niekuo dėta. Geriausia jos savybė buvo nepaprastas šiltumas ir... švelnumas – jį jautė visi aplink ją esantys žmonės. Visi iki vieno.

Taigi.

Keturioliktas

Ateinu į teatrą kitu laiku. Čia šviesiau. Būdelėje sėdi moteris ir skaito laikraštį. Antraštė: „Sprogimas po prezidento kojomis". Nesigilinu. Tai ta pati moteris, kurią mačiau, kai pirmą kartą buvau čia.

– Laba diena. – Ji nuleidžia laikraštį. – Atsiprašau, a, norėjau paklausti, ar čia nėra paliktų daiktų... man. – Ji pasitaiso šlykščius pasipūtusius plaukus ir juokingai šypteli.

– Vaikeli, čia ne paliktų daiktų biuras, – ir ilgai kvatoja. O jos juokas primena, kaip čia tiksliau apibūdinus... jos juokas primena riešutų traiškymą, sumišusį su smaugiamo šunyčio cypimu.

– Rimtai? Kažką būsiu supainiojusi...

– Iš tiesų? Kokia juokinga mergaitė...

– Ne, aš juokauju. Nesu tokia juokinga, kaip jums atrodo. Mano... a, pažįstamas turėjo palikti čia daiktus.

Dabar ji sėdi kiek prasižiojusi, nes, matyt, vargšelė gavo per daug informacijos.

– Aš... nežinau.

– Gal jei pažiūrėtumėte kur nors, tai sužinotumėte.

– A, tiesa.

Tada ji pasilenkia ir ima kuistis. Po kiek laiko išgirstu linksmą: „Oj, užsigavau". Kai pakelia galvą, jos šukuosena atrodo dar baisiau, ji pasitaiso plaukus ir plačiai nusišypso.

– Radau čia kažką. Tik nežinau, ar tai tau.

– Gal kas užrašyta?

– A... pažiūrėkime... taip. Užrašyta: *Mergaitei kiek garbanotais plaukais.* – Aš sukikenu išgirdusi, kaip tas vaikinpalaikis mane apibūdino. Iš tiesų, juk jis mano vardo nežino. – Taip, man rodos, taip ir užrašyta, – tada ji pažiūri į mane.

– Aš manau, kad tai tikrai man.

– Bet žinai, mergyte, nesu įsitikinusi, kad galiu tau juos taip ir atiduoti.

– O... kodėl?

– Nes nežinau, ar tavo plaukai garbanoti.

– Tikrai kiek garbanoti, – sakau išsileidusi plaukus.

Ji atidžiai mane stebi.

– Taip, gali būti. – Tada pažiūri į savo ryškiai geltonus nagus ir paduoda man supakuotus daiktus. – O, brangioji, kaip tu čia atsidūrei?

– Mm... Pro duris. Įėjau pro duris, taip, – greitai pasakau.

– A... tikrai.

Smagi moterėlė. Dabar ji kažką mąsto ir aš apsidžiaugiu, nes nenoriu, kad ji imtų daugiau ko nors klausinėti.

– Tai labai ačiū, aš tada eisiu, – ir nelaukusi jos reakcijos ar atsisveikinimo išeinu. Tuoj pat išimu daiktus iš maišelio. Noriu pažiūrėti, ar visi yra. Tiksliau sakant, ar yra abudu daiktai, jei taip galima sakyti. Knygutė yra. Atsiverčiu ją ir pamatau mamos nuotrauką. Iš karto pasidaro geriau. Nesąmoningai nusišypsau ir pati to išsigąstu. Tada dar kartą nusišypsau tik šiaip, lyg mankštindama sustingusius raumenis. Keista ir malonu. Tada prisimenu savo kelionę. Ir šiaip viską (kaip jau minėjau, ir jūs galėjote suprasti, man patinka galvoti). Suprantu, kad neturiu su kuo keliauti, ir galvoju, kad dar nevėlu pabandyti susirasti. Ne, ta moteriškė geltonais nagais nelabai tinka, bet jei... ne... nežinau.

Stop. Ramiai. Pamąstykime visi kartu. Jeigu aš kaip nors susisiekčiau su tuo puskvaišiu vaikinu ir paprašyčiau jo surasti man kompanioną kelionei, ar tai būtų labai kvaila? Taip, bet tai nereiškia, kad taip nebus, nes ką tik supratau, kad būtent taip ir padarysiu. Ne esmė, kad tai nėra labai realu, ne esmė, kad jis įsitikins, jog esu tokia pat puskvaišė kaip ir jis. NE ES-MĖ! Suprantate? Man visiškai nesvarbu, nes viskas jau ir taip yra pakankamai beprotiška, ir kaip visa tai baigsis, man jau neberūpi. Grįžtu pas juokingąją moteriškę ir labai mandagiai bei lėtai paprašau paslaugos. Ir ji sutinka. Valio! Taip. Užrašau jai namų telefono numerį, ir kai ji sužino, kam turės jį perduoti, nusijuokia.

– Kas? – paklausiu sumišusi.

– Mergyte, nežinai vaikino vardo, o jau numerį palieki? Negerai, negerai. Nors... labai simpatiškas vaikinas, primena man vieną aktorių...

– Gal galėčiau ant lapuko dar parašyti jam šį bei tą?

– Žinoma.

Aš rašau, o ji tuo metu kalba apie tą aktorių ir dar kažkokias nesąmones. Palieku tokią žinutę: *Prašau, paskambink tai mergaitei su kiek garbanotais plaukais. Nesijaudink, nenoriu eiti su tavim į pasimatymą, tik noriu paprašyti paslaugos. Ačiū. Severija.*

– Tau telefonas! – Monika iš viršaus. Aš nušlepsiu žemyn.

– Taip, klausau.

– Labas vakaras.

– A... labas, o kas čia kalba?

Duslus juokas.

– Čia Kasparas.

– Kas toks?.. A, tiesa. Atleisk, taip, tiesiog nežinojau tavo vardo. Ar čia tikrai tu?

– Ne, čia ne aš.

– Cha cha.

– Gali mane vadinti valytoju.

– Cha cha.

Tiesą sakant, man tikrai juokinga, ir aš net nesuprantu kodėl. Kaip galėjau pamiršti, kad jis gali skambinti.

– Taip, gerai. Ačiū, kad paskambinai.

– Prašom.

– Nėr už ką.

What the?.. Ką aš čia dabar kalbu? Bet, manau, man atleistina, nes nedažnai kalbuosi su vaikinu telefonu, o ypač su septyniolikmečiu.

– Tai nieko nenori man pasakyti?

– O ką norėtum išgirsti?

Kas man darosi? Ką aš čia nusišneku? Juk jis man net nepatinka. Nė iš tolo aš juo nesidomėčiau.

– A... Gerai. Tau keturiolika. Tu man nepatinki, o aš tau skambinu, nes ta moteris būdelėje perdavė man tavo telefono numerį ir dabar tu šneki nesąmones, o man reikėtų mokytis. Ir dar – aš irgi nesiruošiu eiti su tavimi į pasimatymą. Tai ar sakysi ką nors, ar man jau dėti ragelį?

– Ramiai, ramiai. Suknistas valytojas, – paskutinius žodžius sušnibždu tyliai, bet suprantu, kad jis išgirdo. Jis ima žvengti. – Gerai. Kodėl tau taip kliūna mano amžius? Ir apskritai, jei jau taip tau nepatinku, galėjai man neskambinti.

– Tai vis dėlto tikėjaisi eiti su manim į pasimatymą?

– Ne, kam tie pasimatymai, aš iš karto noriu nuo tavęs vaikų.

ŽINOMA, kad ne. Dievuliau tu mano. Man tik reikia šiek tiek tavo pagalbos.

– Oi oi, kokie mes pokštininkai.

– Nesvarbu. Klausyk, aš, kaip jau sakiau, ruošiuosi išvykti kokiai savaitei.

– Kaip keturiolikmetei visai neblogai.

– Užsičiaupk.

– Hm.

– Aš noriu išvažiuoti poryt. Jau apie 9 valandą norėčiau važiuoti, todėl reikia staigiai ką nors sumąstyti. Man labai reikia susirasti žmogų, kuris galėtų važiuoti kartu.

– O tu viena ar su mamyte važiuosi? Gal ir seneliai bus? – skambus juokas. – Gerai, tyliu. A, klausyk, tai tu sakai, kad nenori eiti su manim į pasimatymą, bet nori kažkur su manim važiuoti? Tu manęs net nepažįsti.

– Avine tu, aš net pagalvot nenoriu apie buvimą su tavimi daugiau nei 20 minučių. Aš tik... galvoju, gal turi kokių draugų, kurie norėtų pakeliauti?

– Taip, su keturiolikmete? Klausyk, tu nori susirasti vyresnį vaikiną, ar kaip čia suprasti?

– Nereikia man vaikino, asile.

– Apsispręsk, asilas aš ar avinas.

– Du viename. *Whatever*. Aš net neminėjau jokio vaikino. Gal tu bendrauji ir su merginomis. Nors... nemanau.

– Gerai, čia buvo smūgis žemiau juostos. Taškas tavo naudai.

– Ačiū.

– Prašom. Tavo žiniai, bendrauju ir su merginomis. Bet… suprask, kad jei paskambinsiu bet kuriam savo draugui ir sakysiu: klausyk, turiu tokią pažįstamą keturiolikmetę, kuri nekenčia džiazo ir šiaip man atrodo kiek paplaukusi, ji labai norėtų savaitę pakeliauti, bet neturi su kuo. Gal norėtum jai palaikyti kompaniją? Tiesa, užmiršau paminėti, kad ji turi randą ant žando. Susitikau ją teatre. Ji ten kartais įsilaužia. Ar duot jos telefono numerį?

Ne, va tai buvo smūgis žemiau juostos. Nekenčiu. Va dabar tai tikrai jo nekenčiu. Padedu ragelį ir jaučiu, kaip visa virpu iš pykčio. Net ir sutvarstytą ranką ėmė labiau skaudėti. Žiūriu į sieną ir galvoju. Šlykštu. Nors ir pati dabar suprantu, kad visas mano planas ir toks naivus mąstymas nėra protingas, vis tiek. Tikrai šlykštu ir žema. Daugiau niekada nekalbėsiu su jokiu mažai pažįstamu bernu. Visa įpykusi nuslenku į lovą ir nusprendžiu keliauti viena, nes kitaip bus tik blogiau.

Jau kitą rytą viską ramiai ir aiškiai aptariu su Monika. Ji atrodo visai rami dėl mano kelionės. Šiaip jau nieko keista, nes galvoja, kad tiesiog važiuoju pas tėtį. O man kiek baisu. Tikrai. Net pamanau, kad elgiuosi kiek kvailai. Gerai, gal ne kiek, o labai kvailai. Suprantu, kad tie keturiolika metų vis dėlto šį tą reiškia. Nesubrendusį mąstymą. Bet absoliučiai nesvarbu, ir aš nemanau, kad elgiuosi neteisingai. Jei kas atsitiks ar nesugalvosiu, ką daryti ir kur važiuoti, aš tiesiog anksčiau nuvažiuosiu pas tėtį, ir tiek. Taip. Žinoma. Monika man duoda pinigų. Šiomis dienomis ji atrodo tikrai kitokia, kaip jau minėjau. Net šypsosi dažnai. Ir rėkia tik tada, kai ką nors susitepa ar, pavyzdžiui, išpila arbatą. O tai gerai. Patikėkite manimi, gerai. Nežinau, gal tai ne tik pirmoji mano savarankiška kelionė, galbūt ir paskutinė? Gali būti. Na ir kas? Ir iš tiesų tik dabar suprantu, kaip man visiškai į viską nusispjaut. Man nebūtų sunku palikti šį pasaulį. Nematau čia nieko, dėl ko vertėtų pasilikti. O jūs kaip?

Penkioliktas

Reikalingi daiktai: sijonas, kelnės, apatiniai (kojinės, žinoma, taip pat), rudi batai ir kedai, megztiniai (žalias, labai storas, melsvas su gėle, raštuotas, raudonas), kepurės (mėlyna ir ruda), striukė, kuprinė, mano ruda užrašų knyga, rašiklinė, mamos knygutė, jos nuotrauka, diktofonas, eilėraščių knygutė, muzikos grotuvas ir plokštelės su gamtos garsais, plaukų gumytė, rankų kremas, kiti tualetiniai reikmenys, akiniai nuo saulės.

Taigi. Tikiuosi, nieko nepamiršau. A, tiesa, maistas, bet tai ir taip aišku. Susikraunu viską greitai ir negalvodama, nes jaučiuosi pavargusi nuo minčių. Buvau pamiršusi kirminus, kurie graužia mano žaizdas. Buvau pamiršusi, kaip jų nekenčiu. O dabar jau prisiminiau, ir pasidarė lengviau. Juk visada yra lengviau ant ko nors pykti ar ką nors kaltinti. Tiesą sakau? Taip pat susikraunu vakar nusipirktą maistą. Pažiūriu, ar turiu pasą. Dėl visa ko. Pinigai? Yra. Monikos mobilusis telefonas? Kišenėj. Viskas. Pažiūriu į lovą – nepaklota. Pakloju. Įkvepiu. Viskas. Man rodos, esu visiškai pasiruošusi. Jei ką ir pamiršau, nenumirsiu. Nulipu į apačią. Apsirengiu. Įkišu galvą į Monikos kambarį:

– Ate. Išvykstu, – ir, rodos, visai natūraliai šypteliu.
Monika kiek apsimiegojusi:
– Iki. Perduok tėčiui linkėjimų ir laiškelį, kurį tau daviau. Laimingos kelionės.
– Juk tik du šimtai kilometrų, – dirbtinai meiliai pasakau. Ji kiek keistai į mane pasižiūri, bet paskui iš karto šypteli.
– Žinoma, jei nenuklysi iš kelio, – ir ką tai turėtų reikšti? Ne, tai tik paranoja. Ji nieko nenutuokia. Aš tik nusičiurškiu tualete ir pagaliau užtrenkiu duris. Štai taip.

Stoviu traukinių stotyje. Pirmą kartą viena. Pakeliu akis: KASA. Taip. Ir kurgi aš dabar keliauju? Kur?! Pažiūriu į laikrodį: 9.08. Gerai. Peržiūriu traukinių tvarkaraštį. Apkvaištu. Daugelio miestų aš net nežinau. Atsisėdu laukiamojoje salėje. Jaučiuosi sutrikus. Užsimerkiu. Galvoju. Taip! Juk žinau, kur noriu nuvykti. Aš juk žinau. Tas miestas. Kaip jis vadinasi? Tas, kuriame yra didžiulis ežeras. Nepaprastas. Taip. Prisiminiau. Pakeliu akis į tvarkaraštį. Dar kartelį pažiūriu į laikrodį. Nerandu. Juk gali būti, kad į tą miestą traukiniai nevažiuoja, nors turėtų... a... kurgi jis? Štai! Taip taip taip. Štai ir to miesto pavadinimas. Ir kada traukinys važiuoja? 11.43. Ką darysi. Aš žinau, kad turiu ten nuvykti. Palauksiu, juk niekur neskubu. Vėl sugrįžtu į salę su daugybe kėdžių. Čia tik penki žmonės. Aš šešta. Jaučiuosi labai keistai. Bet ir vėl nusišypsau. Nežinau, kas man pasidarė. Gal sveikstu? Nemanau. Jaučiu, kad greitai verksiu. Atsisegu kuprinę ir išsitraukiu mamos knygutę. Pažiūriu į nuotrauką, – juk ją taip ir palikau ten. Atsiverčiu atsitiktinį puslapį ir skaitau.

Atidarau langą ir pažiūriu į apačią. Juokinga.
Ar ir tu matai tą patį sniegą kaip aš?
Nemanau. Tavo akys juk ne rudos.
Pakelk akis.
O saulė? Kaip saulė? Ar ją matai taip pat?
Taip, matyt. Tu juk toks pat šviesus kaip ji.

– Žiauriai kietas eilėraštis. Žinok, kai pirmą kartą perskai-
čiau, pamaniau – kiek kvailas, bet kai perskaičiau trečią kar-
tą, jau buvau įsimylėjęs. Rimtai. Nori? – ir atkiša man mažą
pakelį traškučių. Picos skonio. Žinote kas? Kasparas. Taip
taip. Būtent. Tas pats. Aš suspiegiu, pašoku nuo kėdės ir
išmetu knygutę iš rankų, o jis kuo ramiausiai siūlo man traš-
kučių. Staigiai atsistoju, nes *absoliučiai* nieko nesuprantu. Pa-
sitrinu akis ir dar kartą giliai įkvepiu. Ir ką jūs manote? Jis
vis dar tebesėdi. Taip, teisingai mane suprantate. Tas idio-
tiškas bernas, valytojas, dabar sėdi prie manęs ir žiūri į ma-
ne šlamšdamas tuos suknistus traškučius. Jo garbanoti plau-
kai juokingai susivėlę, marškiniai susitepę, o kuprinė (taip!)
kiek suplyšusi (švelniai tariant). Gerai. Prašau, maldauju, pa-
aiškinkite man, kas čia dedasi? Prisiekiu, nesapnuoju (įsi-
žnybau), bet kas čia tada? Kodėl? Kas per?..
   – Ar seniai rašai? Tik eilėraščius, ar ir šiaip ką kuri?
   – Aš… ką?
   – Pakartot?
   – Ne, tai yra… a… KĄ-TU-ČIA-DA-RAI?
Jis pasižiūri į mane ir kvailai nusišiepia.
   – Man patinka tokie klausimai.
   – O man patiktų išgirsti atsakymą. – Aš visa kiek virpu ir
tik dabar prisimenu, kad pamiršau dar kartelį persirišti sa-
vo nuleipusią ranką ir net tvarsčio nepasiėmiau.

– Gerai. Aš valgau.

– Aš rimtai!

– Sėdžiu.

Norisi nusišauti, nes per daug negerai viskas vyksta.

– Tu nesveikas, žinai? Rimtai.

Pasikeliu mamos knygutę, greitai susigrūdu į kuprinę ir atsistoju.

– O, jei! Kokie mes šiandien pikti. Palauk gi. Jei jau keliaujam kartu, nepalik manęs net neprasidėjus kelionei, gerai?

Sustoju ir atsisuku.

– Mes... ką?

– Keliaujame, ar ne taip?

Tvenkiasi ašaros, nes darosi baugu. Suprantu, kad jums juokinga, bet man – visiškai ne.

– Visai nejuokinga. Visiškai.

– Aš ir nejuokauju, – jis surimtėja. Pasikeičia jo veidas ir šiaip. – Aš rimtai. Klausyk, nusiramink. Atsisėsk. – Tai ir padarau. Labai lėtai. – Aš supratau, kad pasielgiau šlykščiai.

– Nori atsiprašyti?

– Taip. Ir kad man atleistum, aš keliausiu kartu! Būsiu tavo kompanionas! Šaunu, ar ne? – paskutinius žodžius jis pasakė labai juokingai, bet atrodė, kad nuoširdžiai vylėsi mane pradžiuginti.

– Aš tuoj nuo tavęs susivemsiu, o tu man sakai, kad aš tau turėčiau atleisti už tai, kad esi čia ir – dar blogiau – būsi su manim visą savaitę?! – nervingas mano juokas. – Tu juokauji taip? Tu gal ligonis? Tau tikrai kažkas negerai. Man bloga nuo tavęs. Labai. Žiauriai. SUPRANTI? – suspiegiu. Ir suprantu, kad taip negražu. Spiegti. Bet aš nemeluoju. Nė kiek neperdedu, man tikrai nuo jo negera.

– Galėtum bent...

– Ką galėčiau? Man… rankom paploti? Prašom, – mano plojimai išbudina netoliese miegojusį benamį. Nustoju. Tas puskvaišis vaikinas sėdi, kaip visada, ramus ir žiūri kažkur prieš save, o aš vis dar drebu iš pykčio. Jaučiu, kaip viena ašara nuteka skruostu, ir suprantu, kad reikia nusiraminti. Atsilošiu, jaučiu vėsią metalinę kėdę. Užsidengiu veidą, jau ne viena ašara bėga skruostu, ir pasijuntu, jau kokį šimtąjį kartą per šias dienas, beviltiškai ir kvailai ir debiliškai ir ir ir… ne taip kaip norėčiau. Sakau, gyvenimas suknistas, nes net kai jau atrodo, kad viskas galėtų pradėti sektis visai neblogai, atsitinka kas nors, kas nebeleidžia taip galvoti. Manau, suprantate, ką turiu galvoje. O jei ne? Jei net jūs manęs nesuprantate, man geriau išeiti. Kur nors. Įlįsti į kokį urvą. Jaučiu, kaip jis uždeda ranką ant peties.

– Neliesk manęs, – ranka atsitraukia.

– Gerai, klausyk, tikrai nenorėjau tavęs pravirkdyti. Nei dabar, nei vakar, nei tą kartą, kai grojau. Manau, kad supranti.

– Nelabai. Tikrai nesuprantu. Nieko. Viskas per daug kvaila… o gal aš per kvaila, kad suprasčiau viską?

– Tu nekvaila. Žmogus negali būti kvailas, jei rašo tokius eilėraščius. Aš rimtai.

– Tai mano mama ir ji nebuvo kvaila.

– Kuo čia dėta tavo mama?

– Dėta tuo, kad tas eilėraštis ir šiaip viskas, kas toje knygoje, yra jos.

Nusišluostau veidą ir jaučiu, kaip nemaloniai tvinkčioja smilkiniai.

– Aš vis tiek nesuprantu, kodėl tu čia, nes netikiu, kad tiesiog tam, kad atsiprašytum. Jei neketini kartu važiuoti, tai kam taip sakai?

– Aš nemeluoju. Niekada. Aš važiuoju su tavimi. Nors… turėjau daug progų įsitikinti, kad manęs nekenti, tad galiu su tavim ir nevažiuoti, bet…

– Sakyk tikrą priežastį, kodėl esi čia.

– Gerai. Pasakysiu net dvi ir man visiškai nesvarbu, ar patikėsi, – jis pasikaso galvą ir užsikelia vieną koją ant kitos. – Vakar, kai padėjai ragelį, supratau, kad pasielgiau šlykščiai. Ne tik todėl, kad įskaudinau tave, bet ir todėl, kad pats sau pasirodžiau asilas. Ir net dabar nesuprantu, kodėl taip pasakiau. Tada supratau, kad ragelio nebekelsi (taip aš ir būčiau dariusi), o į kelionę vis tiek išvažiuosi…

– Iš kur tu galėjai žinoti?

– Nežinau. Net neįsivaizduoju, bet buvau tvirtai tuo įsitikinęs. Tada supratau, kad negaliu leisti važiuoti tau vienai, nors visai tavęs nepažįstu.

– Kodėl negali?

– Nes tau keturiolika, ir man nepasirodė, kad būtum pasiruošusi kelionei. Taigi.

– O antra priežastis?

– Viename mieste turiu susitikti su draugu ir šį tą jam perduoti. Iš tiesų jau seniai žinojau, kad turėsiu važiuoti. Pažiūriu į jį.

– Tu man pūti arabus ir aiškini, kad esi gailestingoji mergelė Marija, nors iš tikrųjų tik nori susitikti su kažkokiu draugpalaikiu?! Bent sau galėtum būti atviras.

– Taip, tau tik keturiolika… – linguodamas galvą sušnibžda jis.

– Ir ką?! Kuo tau trukdo mano amžius?

– Aš sakau tiesą. Nieko tau nemelavau. Jei nori, gali priimti tai kaip arabų pūtimą. Man kas.

– Eik tu žinai kur!

Jis atsisėda tiesiai.

– Klausyk, dar kartą prašau tavęs nusiraminti, nes man jau atsibodo.

– O man tai ne! Kodėl kalbi kaip koks tėvas?

Pažiūriu į jį. Nusprendžiu, kad jo labai keistos akys.

– Gerai. Baikim, nes mes užsiknisim negyvai. Suprask, kad elgiesi kvailai. Kaip ir visi normalūs žmonės, žinoma, – truputį nusiraminu girdėdama jo ramų balsą. – Aš pasielgiau negražiai ir tai pripažįstu. Praleisiu savaitę pamokų dėl kelionės, supranti? Ir dar vienas dalykas. Aš noriu ištrūkti iš miesto. Tikrai. Keliausiu ne vien dėl tavęs, to niekada nedaryčiau, – malonu, žinoma. – Turėjau galvoje, kad dėl nepažįstamos mergaitės (!) niekada neišsiruoščiau į neaiškią kelionę. Šiaip ar taip, man septyniolika ir aš tau padėsiu. Gali galvoti, kad esu tavo sargas.

– Koks dar sargas? Aš sargo norėčiau tokio, kuriuo bent pasitikėti galėčiau.

– Užteks. Žinau, kad greitai pavargsi ant manęs varyti. Man nesvarbu. Pasakyk, ar sutinki važiuoti kartu?

Pažiūriu dar kartą į jį ir suprantu, kad aš vis dar esu neprotinga mergaitė. Ne visada, bet dažnai tokia būnu. Apmąstau visa tai, kas čia vyksta. Dar kartą pažiūriu į jį ir, kažkam mano viduje tyliai šnabždant „ne", pasakau:

– Šiaip ar taip, neturiu ką prarasti, – atsidūstu, o jis kiek šypteli.

– Nebent nekaltybę, – ir nusikvatoja. – Juokauju, žinoma.

Po geros minutės tylos mes viską ramiai aptariame. Pasakau apie tėtį ir tą miestą prie ežero, į kurį dabar važiuoju. Jis pasako, kuriame mieste ryt turi susitikti su draugu. Aš kiek susierzinu, nes suprantu, kad jei Kasparas nori ten būti ryt, mums teks keisti maršrutą. T. y. šiandien mes negalime važiuoti ten, kur noriu aš. Nusprendžiu pasielgti kaip vyresnė panelė ir nepradedu rėkti, nors norėtųsi. Jis pasako, kad žino, kur mums reikėtų nuvykti šiandien ir kaip iš ten reikės ryt vykti pas jo draugą. Kai jis eina pirkti bilietų, aš trumpai užsimerkiu. Atsimerkus apsidairau ir matau, kad niekas nepasikeitė. Bandau suprasti, kas čia vyksta. Eidami į traukinį nusprendžiame per daug nebendrauti, jei norime likti gyvi.

Traukinys atvažiuoja nedidelis, žmonių nedaug. Mes atsisėdame vagono viduryje. Abu prie lango – vienas prieš kitą. Tylime. Pažiūriu į jį. Taip, keistas padaras. Labai. Nusiaunu griozdiškus savo batus. Kasparas pažiūri ir prunkšteli. Susikeliu kojas ir jaučiuosi patogiai. Daugiau nebegalvoju apie visą šitą mėšlyną, nes žinau, jei pradėsiu – smegenys perkais. Pažiūriu į sėdynę priešais ir tik dabar pastebiu, kad tas žmogus vežasi ir savo kvailą instrumentą. Net nupurto. Nieko, kaip nors. Pradedame važiuoti. Malonus garsas. Patogu. Pažiūriu pro langą. Kaip jau norisi pavasario! Ir atrodo, kad jis jau čia pat. Saulė dar neaukštai ir šiandien ji neryški. Tolumoje matyti vienišas namukas. Senas ir labai labai jaukus. Kaip iš pasakų. Prie jo stovi toks pat vienišas šakotas medis. Įdomu, kaip viskas būtų, jei gyvenčiau tame name. Paprastai man kartais kyla tokių klausimų. O kas – jeigu? Taigi. Dabar matyti laukai. Laukai, o toliau – miškai.

– O, Dieve! – staiga susivokiu. – Nepasiėmiau miegmaišio! Jis pakelia akis.

– Nieko. Aš turiu.

– Ir kas man iš to? – žaviuosi savimi, nes tai pasakau net visai linksmai. – Mes tai du.

– Kaip nors pasidalysim.

– Aš su tavimi nemiegosiu.

Jis išpučia akis ir nusiviepia:

– Aš su tavim taip pat.

Šešioliktas

Tik po kiek laiko suprantu, kurioje šalies pusėje yra tas miestas.

– Kodėl važiuojame būtent į jį?

– Todėl, kad noriu ten su kai kuo susitikti.

– Kodėl anksčiau nesakei? Man atrodo, tarėmės sakyti tiesą.

Jis kaip visada kvailai nusijuokia ir pakelia akis nuo knygos, kurią skaito.

– Aš tau nemelavau, tiesiog nieko nesakiau. Pamiršau.

– Tai tas pats kaip meluoti, – susinervinu.

Paskutinėm dienom pasidariau:

a) per daug irzli,

b) sklerotiška ,

c) šiaip nesava.

Kodėl taip yra?

a) man skauda dantį,

b) PMS,

c) man ne visi namie.

Atsakymas: c).

Bijau, kad teks gailėtis dėl to vaikino, sėdinčio prieš mane. Nemėgstu bendrauti su nepažįstamais žmonėmis, o, atrodo, to išvengti nepavyks. Be to, suvokiu, kad aš iš tikrųjų nežinau, kas jis toks, gal koks maniakas žudikas ar panašiai. Net nupurto. Nors koks skirtumas. Dabar pat sau prižadu negalvoti apie tai, kas man nepatinka, nes šioje kelionėje gali tekti daryti viską. Tik... jokio sekso, žinoma! (Šmaikštauju. Nelabai sėkmingai.)

– Su kuo susitikti?

– A... – jis atrodo kiek suirzęs dėl to, kad trukdau jam skaityti. – Su pažįstama.

– Ja?

– Ne pažįstama – juo, žinoma, kad ja.

Pagyvenusi moteris, sėdinti dešinėje, jau kuris laikas klausosi mūsų pokalbio, jei galima jį taip pavadinti. Moteriškė pasitaiso nedidelius akinius ant nosies.

– Kiek laiko jūs draugaujate? – maloniai klausia ji.

Mes staigiai susižvalgome, šį kartą Kasparas daug greičiau pakelia akis nei prieš tai, ir pradedame juoktis. Va taip nuoširdžiai nesijuokiau jau labai seniai. Negalime sustoti, linguojam pirmyn atgal ir trepsime kojomis iš juoko. Kai prasižioju ką sakyti, iš karto užsičiaupiu, nes suprantu, kad nieko nepasakysiu, neapipurškusi seilėmis tos moters. Kasparui sekasi geriau.

– Ar jums atrodo, kad mes galėtume... draugauti?! – jis pažiūri į mane ir mes vėl pradedame kvatoti. Jums gal atrodo kvaila, bet aš suprantu, kad būtent to man ir reikėjo. Jau skauda pilvą ir žandus. Pro ašarotas akis pažiūriu į tą visai malonią moterį, ji šiuo metu valosi akinių stiklus ir atrodo suglumusi. Po maždaug šimto metų mes pagaliau nusiraminame. Jaučiuosi atsipalaidavusi. Tokia, kokia nesijaučiau daug laiko. Suprantame, kad tą moterį įstūmėme į nelabai patogią padėtį, todėl abu jai nusišypsom, suprunkščiam ir paaiškiname, kad nesame pora ar kas panašaus. Ji dar nori kažką sakyti, bet supranta, kad beviltiška, nes mes vėl lūžtam pagalvoję apie tai, kad mes „draugaujame". Ji vis žvilgčioja į mus, bet jau nieko nesako.

Pravažiuojame kažkokį mažą miestelį su raudonų plytų stotimi ir agurkų pardavėju prie jos.

– Nori sumuštinio? – paklausiu jo, traukdama du suvyniotus sumuštinius.

– A... – vėl suirzęs pakelia akis. – Su kuo?

– Su sūriu ir kumpiu.

– Ne, ačiū, – kiek susiraukęs pasako ir jo akys vėl ryja knygą.

– Atsiprašau, kad vėl trukdau, bet ką skaitai? – net pati stebiuosi, kad pasidariau tokia maloni ir mandagi.

– „Be šeimos", – parodo man viršelį. – Hektoras Malo. Skaitau penktą kartą. Pasakiška knyga.

– Čia pasakos?

Nustembu, nes keista, kad toks vaikinas skaitytų pasakų knygutes. Kasparui vėl juokinga ir jis kvatoja.

– Tu pirmą kartą girdi apie šitą knygą?

– A... jo.

Pažiūri į mane kaip į ateivį.

– Kaip taip galima?! – atrodo nuoširdžiai pasibaisėjęs. – Ką tu skaitai, jei nežinai Hektoro Malo „Be šeimos"?

– Tai kad aš nelabai mėgstu skaityti. Vaikystėje man patiko Astrida Lindgren.

Jis žiūri į mane lyg į raupsuotąją. Atsipeiki ir staigiai atsega kuprinę ir iš jos ištraukia tris knygas.

– Klausyk, tu mane gąsdini. Čia yra trys knygos ir tik per mano lavoną tu bent vienos iš jų neperskaitysi, aišku?

– Jau pradėti kasti duobę ar norėsi būti sudegintas? – aš šypteliu, o jis atrodo rimtas.

– Aš nejuokauju, – ką aš jums sakiau? – Gali rinktis. Pirmoji, – ir parodo neploną knygą tamsiu viršeliu. – Tai – Keno Kesey „Skrydis virš gegutės lizdo". Nelengva knyga, bet išties stulbinanti. – Pasikaso galvą ir pakelia kitą knygą. – Ernestas Hemingvėjus, „Senis ir jūra", apie kietą seneliuką, kovojantį su jūra ir pačiu savimi, – juokingai nuskambėjo iš jo lūpų tas „seneliukas". – O čia – A. de Sent Egziuperi „Mažasis princas", jeigu ši…

– Žinau! Žinau šitą knygą, – kaip gerai, dabar nesijaučiu visai beviltiška.

– Patiko?

– Kas? Ai, ne, aš jos neskaičiau, bet esu girdėjusi. Net žinau apie ką, – deja, vėl smukau jo akyse.

– Gerai. Šaunu, kad žinai. Ką renkiesi? – aš vėl šypteliu, paskutines minutes jis man pasirodė kaip tikras knygų maniakas. Dar nežinau, gerai tai ar ne. – Tikiuosi, greitai skaitai, nes „Senį ir jūrą" aš turiu atiduoti draugui rytoj, bet nemanau, kad tau patiktų, šiaip ar taip.

– Kaip tu gali ką nors apie mane sakyti, manęs nepažinodamas?

– Atsiprašau, aš tiesiog taip manau, – oho, ne aš viena sumandagėjau.

– Noriu Hermingvėjaus.

– Oi oi oi, kokie mes ryžtingi ir sumanūs. Beje – Hemingvėjus, o ne Hermingvėjus. Nieko, tau, kaip pradedančiai, atleisime.

Dar kartą nuoširdžiai nusijuokiu ir paimu knygą. Iš tiesų net nemanau, kad ją perskaitysiu, tiesiog ji ploniausia iš visų. Jis susideda kitas knygas atgal į kuprinę ir išsitraukia vandens buteliuką. Atsigeria, prieš tai klausiamai pakėlęs buteliuką, suprask: nori? Aš papurtau galvą. Žiūriu į knygą, bet dar nedrįstu atsiversti. Tiesiog nesinori. Tada jis pasilenkia prie manęs ir paima knygą iš mano rankų. Aš nustembu.

– Ne, turi perskaityti „Mažąjį princą".

– Taigi aš sakiau, kad noriu...

– Gerai. Ateis laikas ir tai knygai, bet dabar turi perskaityti šitą.

Jis man ant kelių padeda „Mažąjį princą". Pažiūriu į knygą. Visa laimė, atsivertusi ją suprantu, kad ji keliais puslapiais plonesnė už „Senis ir jūra".

– Tai tu važiuoji į kitą miestą, kad perduotum draugui knygą, ar yra dar kokia priežastis? – man tai pasirodo net labai juokinga. – Juk yra paštas ir panašiai.

– Manau, kad tai labai svarbi priežastis. Aš niekada nepatikiu savo knygų svetimiems žmonėms.

– Čia tai bent. Ir negaila pinigų kelionei? – pažiūriu pro langą. – Be to, jei draugui reikia knygos, kodėl jis pats neatvažiuoja? – jis rimtai pažiūri į mane ir jo žvilgsnis reiškia: „Taip, juk tau tik keturiolika".

– Yra toks dalykas kaip susitarimas. Mes susitinkame tame mieste todėl, kad iki jo mums atstumas yra beveik vienodas. Mano draugas važiuoja iš vienos pusės, o aš iš priešingos. Mes susitinkam ir apsikeičiam knygom. Žinoma, ir šiaip pabendraujam. Tikrai smagu, supranti?

– Aha... Gal.

– Jis žino, kokią knygą jam atveši?

– Ne.

– Kodėl?

– NES TOKS SUSITARIMAS.

– Niekada nemaniau, kad būtent taip atrodo „vyriški žaidimai".

– Tai ne žaidimas, – pažiūri į mane. – Tiesiog toks sumanymas, ir tiek, bet tau per sunku suprasti, kaip žmonės gali daryti ką nors be rimtos priežasties, ar ne? – kiek susinervinu.

– Ne, tiesiog...

– Ir ne tik, – jis linksi galvą, lyg dabar jau būtų viską supratęs, ožys. – Tu net nesupranti, kaip gali būti smagu daryti tokius dalykus kaip susitikti su draugu ir apsikeisti knygomis. Juk sakau tiesą, pripažink.

Dabar aš pykstu, nes man labai nepatinka, kai kas nors aiškina, kaip aš galvoju ar kaip negalvoju arba ką darau ar nedarau. Nekenčiu. Aš šaunuolė, nes susitvardau ir nusuku akis į vaizdą pro langą, bet matau tik stiklą. Nelabai švarų. Jis nutyla.

– Aš rimtai kalbu. Supranti, pažiūrėjus į tave ar tavęs paklausius gali pagalvoti, kad tu nieko gražaus gyvenime nematai, – aš vėl atsisuku į jį.

– O tu matai?

– Žinoma, – jis nusijuokia.

– Pavyzdžiui?

– Galima vardyti valandomis, dienomis ar naktimis.

– Tu negali pasakyti nė vieno sušikto dalyko, kuris tau atrodo gražus šitame mėšlyne? – po mano žodžių jis atrodo kiek, na, švelniai tariant, nustėręs. Matau, kad susimąsto.

– Na, kad ir džiazas. Taip, žinoma. Štai jums ir pavyzdys, piktoji panele, – dabar jis pažiūri į mane kiek sutrikęs. – Buvau pamiršęs, kad čia yra tokių, kurie jo nemėgsta.

Net kai jisai kalba rimtus dalykus, rimtu, žemu balsu, net ir tada truputį šypsosi. Į jį pažiūrėjus niekada nemanyčiau, kad galėtų kalbėti rimtai.

– Tai va.

– O rimtai, kodėl tau nepatinka džiazas? Visada to klausiu žmonių, kurie aiškina man, kad džiazas – šūdas, – aš pagalvoju ir, deja, nelabai galiu rasti normalią priežastį tam paaiškinti.

– Iš tikrųjų... net nežinau. Tiesiog... tokia muzika man sukelia nemalonius prisiminimus.

– Nepasakosi, kokius?

– Nemanau.

– Kodėl?

– Pirmiausia todėl, kad tu manai, jog esu tik kvaila keturiolikmetė.

– Ir ką man daryti? Gal ateis laikas ir taip nebemanysiu, – jis ir vėl pasikaso galvą. – Bet... ne, nemanau, – ir plačiai nusišypso, o aš sau sėdžiu ir linksmai galvoju apie mamą. Ne, žinoma, kad nelinksmai, bet taip geriau skamba. – Tu pati apie mane galvoji dar blogiau.

Aš tyliu. Jau nebelinksma. Bet ne Kasparas dėl to kaltas. Aš pati ir šiaip viskas. Ką jau su manim tokia darysi?

– Tik prašau – neverk. Negaliu to pakęsti.

Pažiūriu į jį ir suprantu, kad neverksiu. Paskui mes valgome jo traškučius. Kaip sužinau, jis turi keturis pakelius skirtingų traškučių. Taigi. Aš geriu apelsinų sultis iš mažyčio pakelio, o jis vandenį. Nežinau, kam šitai sakau. Taigi. Visa laimė, kad vagone nedaug žmonių, nes ir tie, kur yra, varsto mus keistais žvilgsniais. Tai dėl mūsų maniakiško žvengimo, matyt. Atsiverčiu knygą ir perskaitau vieną puslapį, kol kas dar nelabai suprantu esmę, bet nieko. Toji moteriškė snaudžia nuleidusi galvą, ši vos vos kilnojasi. Juokinga. Perskaičius penkis puslapius man pasidaro visai įdomu, nors nesu įsitikinusi, kad taip bus ir toliau. Nesu pratusi daug skaityti. Užverčiu knygą ir iš kuprinės išsitraukiu mamos knygutę.

– Neįdomu? – klausia Kasparas.

– Ne, tai yra įdomu, tiesiog noriu pailsėti.

– Nejuokink! Perskaitei kokius tris puslapius ir jau nori pailsėti? – ir kai nusižvengia, moteriškės galva staigiai pakyla, ji atsimerkia ir vėl užsimerkusi ima tyliai knarkti.

– Perskaičiau net penkis puslapius, – nusijuokiu (ir vėl!). – Nesu pratusi daug skaityti, juk sakiau. Penki puslapiai man yra daug, galėtum pagirti.

Jaučiuosi kvailai, kai suprantu, kiek aš dabar juokiuosi. Lyg norėčiau prieš Kasparą pasimaivyti ar panašiai. Nesąmoningai, žinoma. Nežinau, kodėl man juokinga dėl nejuokingų dalykų.

– Giriu, – jis pažiūri į knygą mano rankose. – Duok man truputį, – aš paduodu, jis ją varto kokią minutę, kol randa, ką norėjo. – Tas eilėraštis, kurį skaitei, kai tave radau stoty, iš tiesų man nelabai patiko. – Aš jau žiojuosi, bet jis mane nutildo. – Ir tai buvo vienintelis dalykas, kurį, na, galima sakyti, pamelavau.

– Kam reikėjo taip kalbėti, jei taip nemanai?

– Mano manymu, toj vietoj mano žodžiai net labai tiko. Kaip kokiam filme, nemanai?

– Nežinau, – jis paduoda man atverstą knygutę.

Aš pažiūriu.

– Skaityti?

– Ne, užversk ir neskaityk, aš čia tik šiaip atverčiau ir padaviau tau.

Šį kartą sutvardau juoką, kad paskui nereikėtų gailėtis.
Pažiūriu į knygutę.

aš tik įkvepiu.
Giliai.
Tada pažiūriu į tave
ir:
pradedu verkti.
(šioje vietoje sustoju ir perskaitau viską iš naujo, lėčiau)
tai reiškia, kad mano
skrandis nori vėl suvalgyti
tą patį
mažą stebuklingą drugelį.
bent jau toks jis atrodė.
O...
Aš pažiūriu į sniegą
ir:
išsigąstu, o tai reiškia,
kad mano plaukai nori,
kad juos paglostytum.
O...
O jeigu drugeliai žiemą
neskraido?

Žiūriu į tą eilėraštį ir negaliu suprasti. Negaliu suprasti,
kam mano mama jį rašė ir kodėl jis man taip patiko. Gali
būti, kad ir jūs nesuprasite, ir aš ant jūsų nepykstu, nes,
šiaip ar taip, aš pati savęs nesuprantu. Paglostau tą lapą ir
jaučiuosi kaip filme. Tikrai, vaizdelis lyg iš filmo: vargšė
mergaitė traukinyje perskaito eilėraštį, kurį jai parodo vai-
kinas, ir susigraudina. Taigi. Bet jaučiuosi, lyg glostyčiau

mamą. Rimtai. Sakau tai ne tam, kad sakyčiau, o todėl, kad taip jaučiu. Pažiūriu pro langą. Jau matosi daug mažų namukų ir apsiniaukęs dangus. Kodėl jis liūdi? Išvis nesuprantu, kaip dangus gali liūdėti. Tai nesuprantama, nes jis turi viską.

– Patinka? Matyt, jau daug kartų jį skaitei. Gali daug kartų ką nors skaityti ar matyti, bet nesuprasti.

Tada aš pakeliu akis ir suprantu, kad myliu šį vaikiną. Myliu taip, kaip niekad gyvenime dar nesu nieko mylėjusi. CHA CHA CHA! Galiu lažintis, kad pagalvojote, jog taip ir buvo. Che, ot ir ne. Atleiskit už nukrypimus į šalį. Tiesiog juokinga būtų, jei šioj vietoj taip pasakyčiau. Tęsiu.

– Nežinau, – pakeliu akis. – Jis... labai mielas.

– Mielas? – nusijuokia. – Geras apibūdinimas eilėraščiui. Aš manau, kad nepaprastai taikliai atspindi įsimylėjusio žmogaus būseną ir mintis.

– Manai, kad ji buvo įsimylėjusi, kai rašė šitą eilėraštį? – pasakau kiek per garsiai ir moteriškė – mūsų kaimynė – atsimerkia.

– Tai žinoma, – jis pažiūri į mane nepatikliai.

– Kodėl tau taip atrodo?

– Nes kai jį skaitau, beveik pats jaučiuosi įsimylėjęs.

– Lyg žinotum, koks jausmas būt įsimylėjus.

Matau, kad jis susimąsto.

– Aišku, kad žinau, – dabar pasikaso nosį.

– Kaip gali žinoti, kad tai buvo įsimylėjimas?

Kasparas nusižvengia.

– Jaučiau, – kiek surimtėja. – Manau, kad tai buvo įsimylėjimas. Jergutėliau, juk nesakau, kad meilė, aš gal niekada nemylėjau jokios merginos, bet... įsimylėjęs buvau. – Pagalvoju, kad romantiškame filme ar kokioj knygoj dabar jis turėtų papasakoti nelaimingą savo meilės istoriją, bet ne, kur tau. Jis plačiai nusišypso. Ne man.

– Tai taip kvaila.

– Kas?

– Viskas. Įsimylėjimas, mylėjimas ir panašiai. Man tai atrodo kvaila.

– Nematau čia nieko kvaila.

Aš pažiūriu į grindis. Tamsiai rudos.

– Žinai, perduok savo mamai, kad man tikrai labai patiko tas jos eilėraštis, – jis išsitraukia iš kuprinės kepurę ir užsideda. – Yra dar vienas, apie upę, rodos, tingiu dabar ieškoti. Tiesiog pasakyk, kad aš sužavėtas.

– Atleisk, bet negalėsiu to padaryti.

Vaikinas pasikaso pakaušį ir juokingai suraukia nosį.

– Kodėl? Aš tiesiog manau, kad jai būtų malonu.

Vėl pažiūriu į tą pakvėšusį bernioką su styrančiais iš po kepurės plaukais. Suprantu, kad reikėjo anksčiau nukreipti temą, nes dabar jau darosi nelinksma.

– Nesvarbu, gerai?

Kasparas šypteli.

– Nekokie šeimyniniai santykiai?

– Galima sakyti ir taip.

– Patikėk, man ne ką geriau. Su tokia motušėle kaip mano ištverti nelengva, ir ji tokių eilėraščių kaip tavoji nerašo.

Man pasidaro negera. Suprantu, kad mano mama tikrai ne tokia, apie kokią jis dabar galvoja, ir niekada tokia nebuvo.

– Ne. Mano mama... a... išties buvo nepaprasta, – gerai, žinau, kad nuskambėjo kaip iš jaudinančios muilo operos, bet... šiaip ar taip... sakau tiesą. Jis pažiūri į mane ir sutrinka. Vargšelis.

– Užjaučiu.

– Nereikia.

– Kada ji mirė?

– Ji nemirė! – man labai nepatinka, kai manęs nesupranta.

– Kaip – nemir... o tai kas tada?

– Nenoriu apie tai kalbėti.

– Jei jau pradėjai, galėtum ir užbaigti.

– Dieve...

Norisi giliai įkvėpti, nes, kaip jau galėjote suprasti, tai mane ramina, tačiau išeina tik trūkčiojantis įkvėpimas, jis tik sunervina mane.

– Kodėl negali suprasti?

– Matyt, todėl, kad nieko nežinau.

Labiausiai jis mane nervina savo nejautrumu. Gerai, suprantu, kad jis suknistas bernapalaikis, bet man atrodo, kad ir padaras su kažkuo tarp kojų turėtų suprasti, jog žmogui gali būti sunku. Pakeliu akis ir net kiek supykina. Tikrai, atrodo, jaučiu, kaip sumuštiniai ropoja skrandžiu aukštyn. Patikėkite, nekoks jausmas.

– Ji išprotėjo. JI-IŠ-PRO-TĖ-JO. Aišku? Gal dar smulkmenų reikia? Ką papasakoti dar? Kaip neatpažįstamai ji pasikeitė? Kaip man buvo sušiktai liūdna ir baisu? O... o gal apie tą dieną, kai prieš dvejus metus turėjau su ja atsisveikinti, nors ji net nesuprato, kas aš tokia?

Septynioliktas

Išlipame iš traukinio. Jaučiu, kad skruostai dar kiek drėgni. Čia, kaip ir traukinyje, žmonių nedaug. Man tai patinka. Skauda galvą. Numetu ant žemės kuprinę ir pakeliu akis į dangų. Atrodo, kad kai man blogai, jis net kiek šypsosi. Tada nejučiomis ir aš vos vos jam nusišypsau. Dangui. Greitai viską apgalvoju ir suprantu, kad tas kvailas garbanotas padaras – pirmas mano atsitiktinai sutiktas žmogus, kuriam pasakiau visą tiesą apie savo mamą. Ką tik pykau ant jo, kad privertė mane tai padaryti, bet dabar jau suprantu, kad esu jam dėkinga. Jis stovi prie medžio ir atrodo sutrikęs. Gerai, taip ir turi būti. Pasakiau jam viską. Ne aš viena dabar žinau, koks šlykštus gali būti gyvenimas. Pažiūriu į stoties laikrodį: 13.32. Laikas man nieko nesako. Iš tiesų man visiškai nesvarbu, kiek dabar valandų. Kasparas prieina prie manęs, įtariai nužvelgia ir atsargiai, vis dar išsišiepęs, nes, matyt, kitaip nemoka, klausia:

– Pasiruošus nuotykiams?

– Visas mano gyvenimas – vienas didelis nuotykis, ir nieko čia nepakeisi, – pakeliu kuprinę. – Kur traukiam?

– Turim valandą iki susitikimo su Laura.

– Kurioj vietoj mes turime būti po valandos?

– Miesto centre.

– Ar miestas didelis?

– Nelabai. Nuo čia iki centro apie penkiolika minučių.

– Šaunu, – visai nedžiugiai sakau.

– Ką nori veikti? Ar tu ne alkana?

– Valgyti nenoriu.

– Gerai.

– Žinai, gal aš viena pasižvalgysiu po miestą, o tu susitik su ta Laura, ar kaip ji ten.

– Nesutinku. Tu privalai su ja susipažinti.

Aš visiškai nenoriu, bet tiek jau to. Patraukiame nežinoma kryptimi. Man nepatinka tai, jog jis mano, kad žino, ko man reikia, – taip toli gražu nėra. Po dvidešimties minučių atsiduriame siauros upės pakrantėj. Kasparas išsitiesia ant žolės, o aš pabandau įkišti koją į vandenį. Žiauriai gelia. Ištveriu sekundę, po kiek laiko penkias ir vėl kišu koją į batą. Pasidaro vėsu. Įkišu ranką į striukės kišenę ir apčiuopiu kažkokį nedidelį voką. Ištraukiu. *Henrikui* – užrašyta ant voko (mano tėčio vardas toks pat kaip brolio, tfu, tai yra atvirkščiai) juokingu Monikos raštu. Vokas užklijuotas. Grįžtu prie bendrakelionio ir prisėdu ant žolės. Dar vėsu. Žiūriu į voką ir galvoju, ar ištversiu jo neatplėšusi, ir tik išėmusi voko turinį suprantu, kad ne. Kasparas pakelia galvą nuo žolės ir paklausia, ką čia turiu. Iš pradžių dvejoju, ar verta sakyti, bet paskui suprantu, kad jis vis tiek viską žino.

– Laiškas mano tėčiui nuo tetos. Tos, su kuria gyvenu, – įpykusi ir apie ją papasakojau Kasparui.

– Žmonės kalba, kad negražu skaityti svetimus laiškus.

– Aha, taip pat kaip ir svetimas užrašų knygeles? – jis, atrodo, susivokia ir nutyla. – Šiaip ar taip, čia turėtų būt rašoma apie mane.

Keista. Laikau rankose du popierėlius, vieną baltą, paprastą, o kitą įtartino pageltusio popieriaus. Pirmą išlankstau pastarąjį ir suprantu, kad jis rašytas ne Monikos šleiva ranka. Įdomu.

Gerb. ponios Elenos artimieji (susikaustau. Elena – mano mama. Rodos, jog širdis iššoks iš krūtinės), *norime jums pranešti, kad jūsų giminaitė, gulinti psichiatrijos ligoninėje „Saulėtekis"* (geras psichiatrijos ligoninės pavadinimas), *pastaraisiais mėnesiais jaučiasi kiek geriau, nesakome, kad ji sveiksta, bet jos būklė pagerėjo, todėl pranešame jums, kad ją lankyti yra leidžiama. Lankymo valandos: nuo 14 iki 18 valandos kiekvieną dieną, išskyrus antradienį. Tikimės, ši žinia jus pradžiugino. Norint aplankyti mūsų ligoninės pacientą, būtina turėti šį dokumentą* (niekada nemaniau, kad toks popiergalis gali būti vadinamas dokumentu). *Lauksime jūsų „Saulėtekyje". Iki pasimatymo.*
Nuoširdžiai – ligoninės administracija.

Tiesiog taip. Aštuoniomis eilutėmis pasakyta tai, ko bijojau visą savo gyvenimą. Taip. Dveji metai. Dvejus ištisus metus mes jos nematėme, įsivaizduojate? O dabar štai taip ant visiškai pageltusio popieriaus mums praneša, kad galime ją pamatyti. Taip paprastai, lyg tai mums neturėtų daug reikšti. Mano širdis nerimsta, jaučiu, kaip visa kaistu ir imu tankiau kvėpuoti, ir akys ašaroja, man darosi baisu. Staigiai atsistoju viską numetusi ant žemės. Prieinu prie upelio ir įbrendu. Su batais. Įdomus jausmas. Pasilenkiu ir susidrėkinu veidą. Girdžiu, kaip Kasparas linksmai klausia, ar man viskas gerai. Nekreipiu dėmesio. Kai jau stoviu vandenyje, girdžiu jo juoką. Atsisuku ir matau, kaip jis skaito netoli jo nukritusį laišką, ir net nepykstu, nes man nebesvarbu. Tegu skaito, kas man iš to. Nurieda tik kelios ašaros. Išbrendu iš vandens ir nusiaunu batus. Nusviedžiu juos netoli savo kuprinės ir krentu ant žolės. Nesijaudinkite, neapalpau, nieko panašaus. Tiesiog man taip norėjosi. Guliu ir vėl žiūriu į dangų, tik dabar jau ir jis nesijuokia. Niekam nebejuokinga. Kasparas tyli. Jau perskaitė. Nenoriu kalbėti. Nieko nenoriu. Mirti taip pat.

Ir staiga labai ryškiai matau tą paskutinį jos žvilgsnį. Prieš išvežant. Ji atsisuko ir pažiūrėjo į mane žvilgsniu, kuris absoliučiai nieko nereiškė. Nei meilės, nei neapykantos, nei pykčio... ir tada aš suklikau. O ji, prisimenu, ėmė dejuoti. Aš išlėkiau iš namų ir visą dieną kažkur basčiausi. Nuvažiavau toli nuo namų ir, kai supratau, kad esu prie teatro, kuriame ji vaidina, užėjau į vidų. Norėjosi viską ten sulaužyti ir visus aprėkti, nes buvau įsitikinusi, kad tai jie kalti. Nors net nežinojau, kas tie jie.

– Džiaugiesi? – po kelių minučių tyliai paklausia jis.

– Bijau, – kiek pagalvojusi pasakau. Taip ir yra. Aš nepaprastai bijau.

– Juk neprivalai eiti jos lankyti, – nutyla. – Nesuprantu, jūs negalėjote jos lankyti, kai ji ten gulėjo? Jai taip blogai?

– Negalėjom. Tokios taisyklės.

– Kokios dar taisyklės? Neleisti artimiems žmonėms ligonio net pamatyti? Nesąmonė. Niekada nemaniau, kad taip gali būti.

– Bet taip yra. Jie bijo, kad ligoniams gali labai pablogėti, jei jie per daug susijaudins ar panašiai, – išsigąstu, kai suprantu, kad mano balsas bejausmis. Visiškai. Tikiuosi, praeis.

– Kiek laiko tu jos nematei?

– Dvejus metus.

– Ir niekada nesinorėjo pas ją nuvažiuoti?

– Niekada.

– Tu pyksti ant jos?

– Taip yra savaime. – Širdis kiek aprimo. – Kol kas dar pykstu, nors ir suprantu, kad neturėčiau.

– Aš atsiprašau, kad priverčiau viską papasakoti, nors tu nenorėjai, bet manau, kad tau dabar tik geriau, – nusikosti. – Kartais geriau kalbėti nei tylėti. – Jis kalba garsiai ir entuziastingai. Jis nesupranta, kaip man baisu ir skaudu.

– Tu teisus. Kad ir kaip būtų gaila.

Po kiek laiko perskaičiusi antrą, Monikos, laišką suprantu, kur čia esmė. Ji nori su mano tėčiu pasitarti, ar reikia man rodyti tą laišką iš ligoninės. „Galbūt Severija tam dar nepasiruošusi..." ir bla bla bla. Įsidedu laiškus į saugią kuprinės kišenę dar nenusprendusi, ką su jais daryti. Pasilikti, suplėšyti ar atiduoti tėčiui. Kuo toliau, tuo viskas darosi beprotiškiau. Sakiau, kad turiu prie to priprasti. Bet nelabai išeina.

Suprantame, kad vėluojam, ir sutartoj vietoj atsiduriame penkiolika minučių vėliau. Kasparas eina mano kairėje, mane nervina greitas jo ėjimas. Miestas man patinka. Nedidelis ir atrodo malonus, tvarkingas. Pamatau daug medžių bei suoliukų ir suprantu, kad čia mes turime susitikti. Matyt. Jau iš tolo matau dvi figūras. Susinervinu, nes visai nenoriu, kad tų Kasparo draugų būtų daugiau nei vienas.

– Man atrodo, sakei, kad turi susitikti su kažkokia Laura, o ne su dviem asmenimis.

– Taip ir turėjo būti. Gal ten ne ji, aš dar gerai nematau.

Priartėjame. Ant suoliuko sėdi aukšta panelė trumpais, pašviesintais, susivėlusiais plaukais, o prie jos rusvais pusilgiais plaukais vaikinas. Iš tokio atstumo dar nesimato jų veidų. Staiga tas vaikinas ant suoliuko ir Kasparas kažką neaiškiai susišūkauja ir ima kvatoti.

– Negaliu patikėti, – tyliai man sako Kasparas. – Viskas gerai. Tau jie patiks.

Jis man tai sako, lyg būčiau jo žmona, o jis mane norėtų pristatyti savo tėvams. Jaučiuosi kvailai. Jaučiu drėgnas kojas.

Vaikinas pašoka nuo suoliuko ir greitai pribėgęs apkabina mano bendrakelionį. Jie žvengia, sveikinasi ir panašiai. Kai mes prieiname prie suoliuko, ant kurio dabar jau stovi, matyt, Laura, ji apsikabina Kasparą ir jis ją pakelia. Ji pakšteli jam į skruostą. Jaučiuosi, švelniai tariant, nejaukiai. Stoviu, ir tiek. Laura atrodo maloni, o tas vaikinas kiek keistas. Jie abu taip pat su kuprinėmis.

– Ką tu čia veiki? – Kasparas klausia vaikino.

– Nusprendžiau pasitikti tave čia kartu su Laura, o ne tam suknistam narkomanų mieste, – man patinka jo balsas.

Nežinau, ką man daryti. Staiga suprantu, kad esu Lauros glėby. Vėl keista.

– Labas, Severija, – aš išsilaisvinu iš jos glėbio ir nustebusi dėbteliu.

– Labas, – tuo tarpu vaikinai irgi nutyla. Nepažįstamasis ištiesia ranką. Aš ją paspaudžiu.

– Gabrielius, malonu.

– Aš Severija.

– Gražus vardas.

– Dėkui, – matau, kad jis vengia mano žvilgsnio ir kalbėdamas nežiūri į akis.

Man tai nepatinka. Gabrielius atrodo kiek juokingai. Tamsios kelnės, raudonas švarkas ir šviesios akys – visa tai įsidėmiu iš karto. Laura su sijonu iki kelių ir ryškiai žaliu megztiniu. Tai man patinka. Megztiniai gerai. Jos akys gelsvai rudos ir kiek gąsdinančios, nes atrodo, kad ji permato mane kiaurai. Dabar ji ir žiūri į mane.

– Žinau tik tavo vardą. Kasparas sakė, kai skambino. Daugiau nieko. Kiek tau metų? – kalbėdama ji linksmai pirštais barbena į suoliuką.

– Keturiolika. – Visi nutyla.

– Aišku, – sako ji.

Ir man būtų įdomu sužinoti, kiek jiems metų ir dar daug kitų dalykų, bet neišdrįstu prasižioti. Tada suprantu, kad kvaila to bijoti, ir paklausiu:

– Iš kur jūs visi pažįstami?

Jie nusijuokia ir Kasparas sako:

– Taip jau būna gyvenime. Atsitiktinumai.

– Jūs visi susitikot atsitiktinai? – nustembu.

– Mes su Kasparu anksčiau mokėmės toje pačioje klasėje, o su Laura susipažinom vieną vasarą keliaudami.

– Kas tavo batams? – nusijuokusi klausia Laura, žiūrėdama į mano šlapius batus.

– A...

– Netyčia įbrido į upelį, – sako Kasparas.

– Man atrodo, įdomiau tyčia įbristi į upelį su batais, – rimtai sako Gabrielius.

– Iš tiesų taip ir buvo, – sakau aš. – Tiesiog Kasparas nenorėjo, kad jūs pagalvotumėte, jog esu nesveika, kaip ir mano mama, tiesa, Kasparai?

Kasparas rimtai pažiūri į mane (primenu, kad tas jo „rimtai" neatrodo labai rimtai) ir eilinį kartą supranta pasielgęs negražiai. Aš žinau, kad taip ir buvo, kaip aš ką tik pasakiau. Pagalvokit patys, keturiolikmetė, kurios mama guli psichuškėj, brenda į upę su batais, – nekaip skamba, ar ne? Visi nutyla ir žiūri į mane ir į Kasparą.

– O kaip jūs susipažinote? – klausia Laura.

– Taip jau būna gyvenime. Atsitiktinumai, – sakau ir nė trupučio nemeluoju.

Tik po pusvalandžio su tais trim nepažįstamais žmonėmis pasijuntu truputėlį geriau. Negaliu negalvoti apie tą laišką ir apie daugelį kitų dalykų.

Dabar mes visi bendrakelioniai, – taip jie man pareiškia. Kasparas viską žinojo, bet man, aišku, nesakė. Kol kas dar nelabai drąsu, nes, kaip jau sakiau, nesu pratusi bendrauti su nepažįstamais, bet... juk visi pradžioje turi būti nepažįstami. Jie nusprendžia eiti į kažkokią tik jiems žinomą vietą, vadinamą „medine". Skamba nekaip, bet aš neprieštarauju, ir mes patraukiame. Keista kompanija. Nors, matyt, tik man taip atrodo.

Girdžiu, kaip Gabrielius kažką niūniuoja. Girdžiu, kaip Laura pradeda dainuoti tą dainą, kurią ką tik niūniavo Gabrielius. Girdžiu, kaip Kasparas prisijungia. Nesuprantu, ką jie dainuoja. Girdžiu žodžius *sunshine* ir *good day*. Suprantu, kad jie traukia pro šalį, bet jiems tai nė kiek nerūpi, ir pajuntu, kaip jiems pavydžiu. Pavydžiu, nes jie jaučiasi nepaprastai laisvi ir dėl nieko nesijaudina. Pavydžiu jų džiaugsmo gyventi.

Tik po kurio laiko suprantu, kad mes jau beveik išėjome iš miesto. Iš tikrųjų net kiek baisu pasidaro, nes aš nepažįstu šitų žmonių ir nežinau, ar jie yra tie, kuriais prisistatė. Taigi atsiduriame nelabai man aiškioje vietoje. Pamiškėje. Prie nedidelio kalniuko, kur stovi medinė pavėsinė ar kas panašaus.

– Čia yra medinė, – sako Laura ir nusišypso.

Pagalvoju, kad ji kaip iš gerų istorijų – linksma, simpatiška, draugiška. Smagu, bet ji kol kas man atrodo per mažai žmogiška. Visi susigrūda pavėsinėj ir toliau kažką dainuoja, pasakoja ir žvengia. Jaučiuosi nejaukiai, bet ne nemaloniai. Atsisėdu lauke ir nenorom prisimenu viską apie mamą. Taip, ką jau darysi. Ir dabar viską prisimenu kiek kitaip nei anksčiau. Bandau prisiminti pačią viso to košmaro pradžią, kaip mama pasikeitė, kaip man buvo dėl jos baisu, kaip viskas buvo tą dieną, kai ją paskutinį kartą mačiau, kokia ji buvo mano vaikystėj, kokia liko nuotraukose, kokią ją visi prisimena. Man atrodo, kad daugelis jos draugų, artimųjų ją vis dar ir prisimena tokią, kokia ji buvo didžiąją savo gyvenimo dalį – ypatinga, spinduliuojanti meile. Atrodo, visiems per sunku patikėti, kad ji jau kitokia. Niekas nenori patikėti. Aš tai tikrai. Ir kiek kartų man atrodė, kad gal, kai ryte atsikelsiu, viskas bus kitaip, ji nusišypsos kaip anksčiau ir sakys: *gal išsispauskim natūralių apelsinų sulčių?*

Net nežinau kodėl dabar prisiminiau šiuos jos žodžius, bet ji juos sakydavo kitaip – taip žaviai ir nepaprastai! Aš suprantu, kad jums gal nėra labai įdomu klausytis, kokia mano mama buvo nuostabi ir nepakartojama, nes jūsų mamos jums atrodo ne ką prastesnės. Žinoma, taip yra, nes sava mama visada geriausia. Ir, šiaip ar taip, man be galo malonu prisiminti tokius dalykus kaip jos kvepiančius plaukus, švelnias rankas, tamsias akis, jos užsidegimą daryti tai, kas kai kuriems atrodo neįmanoma, netgi jos ašaras ir tuo metu liūdnas akis, jos bendravimą su aplinkiniais, mielą juoką ir rimtą balsą, kai bandydavo mane įtikinti, kad mergaitėm kaip aš visiškai netinka būti labai liesom arba kad mėsą valgyti nėra blogai, ir panašiai.

Aš tik nenoriu, kad ji jums atrodytų kaip neįdomi gera mama iš filmų, kuri prieš miegą paglosto vaikus, visada paruošia labai skanius pusryčius, yra liekna, graži ir padeda kitiems žmonėms. Iš esmės ji buvo ir tokia, bet turėjo ir kitų – man nepatinkančių – savybių. Pavyzdžiui, kai kartais ją kas nors tikrai įsiutindavo, ji labai aršiai gindavo savo nuomonę ir aiškindavo, kad yra taip, kaip ji sako. O labiausiai patikusi jos savybė buvo tai, kad ji taip mane auklėjo, kad aš visada žinojau ir dabar žinau, jog tik aš pati gyvenime esu už save atsakinga. Man dažnai būdavo pikta, nes atrodė, kad mama per mažai už mane kovoja, ir, kai būdavau ant ko nors įpykusi ir susinervinusi, ji visada būdavo labai rami, išklausydavo ir iš esmės nieko ypatinga nepasakydavo, kas mane paguostų. Ir dabar suprantu, kad ji elgėsi teisingai, nes aš po tokių pokalbių su ja jausdavausi ramesnė, tiesiog tada man būdavo pikta, nes norėdavosi visą pyktį išlieti. O baigdavosi tuo, kad mama jį nuslopindavo. Nežinau, ar jūs čia dabar ką nors supratote, bet kai sėdžiu čia ir žiūriu į žolę ir žvyro takelį sau po kojomis, man visai gera. Gera ją tokią prisiminti. Ir negera prisiminti ją tokią, kokia yra dabar. Tik dabar iš tikrųjų pajuntu, kaip man nepaprastai baisu dėl to laiško, kurį perskaičiau. Ne veltui sakoma, kad svetimus laiškus skaityti negerai, nors... juk vis tiek vėliau ar anksčiau būčiau sužinojusi apie tai. Dabar sėdėdama čia aš žinau, kad nesugebėsiu nueiti pas ją. Pas žmogų, kuris buvo mano mama dvylika metų, bet dvejus jau nebėra. Galite sakyti, kad esu kvaila, bailė ir taip toliau ir panašiai, bet jei bent kokias penkiolika minučių galėtumėte įlįsti į mano kailį, suprastumėte, kaip visa tai mane gąsdina. Atrodo, kad viską sugebėčiau ištverti nebent tada, jei bent trumpai apkabinčiau mamą. Tą, senąją, Eleną, kuri buvo mano mama. Niekas taip neapsikabindavo kaip ji. Švelniai, bet tvirtai. Ir aš užsimerkusi bandau tai įsivaizduoti. Ji ateina, nusijuokia ir mane apkabina. Nepavyksta, nes užsimerkusi aš nematau jos veido. O, Dieve! Aš… galiu prisiminti, kaip ji kvepėjo, bet tiksliai jos veido šiuo metu neprisimenu. Kodėl? Pasidaro dar baisiau. Ką apkabinti? Kur pabėgti? Ką daryti? Kaip reikės paaiškinti Monikai, kad negaliu jos matyti? Nesvarbu. Juk jau daug kartų sakiau, kad man niekas nebesvarbu. Girdžiu muziką. Saksofono. Nupurto ir prisimenu juokingai šokančią mamą pagal tą dainą, kurią dabar groja Kasparas. Ir vėl baisu. Padėkit man, prašau. Padėkit, maldauju. Aš tiek ištvėriau, o dabar atrodo, kad mane pribaigs kažkas iš viršaus. Nesąmonė. Apsikabinu kelius ir virpu. Girdžiu jų balsus ir galvoju, kad jei visa tai būtų mielas filmas, kas nors iš jų prieitų prie manęs, paklaustų, apie ką galvoju, tada išsiaiškintų apie mano mamą, aš apsiverkčiau, jie imtų elgtis su manim kaip su „sava", ir viskas būtų gerai. Atsisuku. Kasparas groja, Laura tyliai dainuoja, o tas kitas vaikinas kažkur žiūri. Į sieną, matyt. Jis keistas, bet kol kas man visai patinka. Suvokiu, kad čia tikrai ne vienas iš tų filmų. Čia yra suknistas ir pakvaišęs mano gyvenimas. Taip. Ir dabar aš neturiu peties ašaroms. Gal ir gerai, sakote? Gal. Kasparas paklausia, ar manęs nevirkdo muzika, kurią jis groja, bet aš nieko neatsakau, nes neturiu jėgų. Ir dabar prisimenu tą jausmą, kuris apima klausantis džiazo. Ir užsimerkiu.

Aštuonioliktas

– Labas rytas, – išgirstu ir atsimerkiu. Kol susivokiu, kur esu ir ką čia darau, praeina kiek laiko. Matau Laurą, ji pirmą kartą nesišypso.

– A... labas.

– Ne tu viena, – ir nusijuokia.

Nesuprantu. Atsisuku į pavėsinę ir pamatau snaudžiantį Gabrielių, jis tyliai knarkia ant kelių pasidėjęs „Senis ir jūra". Taigi. Įdomu, kiek laiko buvau užsnūdus. Kvailiausia, kad sapnavau, jog sėdžiu prie jūros ir ant kelių laikau ežiuką.

Kasparas skaito knygą, o Laura dabar sėdi ir niūniuoja kažkokią dainelę. Tik šį kartą man pasirodo, kad daina liūdna. Pažiūriu į ją ir pasirąžau. Nuo kada aš sugebu užmigti sėdėdama? Papučia vėjas ir jaučiu, kad šalta dar drėgnoms kojoms. Atsistoju. Pažiūriu dar kartą į šią keistą merginą. Ji atsikosti.

– Nekaip jaučiuosi, – sako.

– Gal duoti striukę?

Ji nusišypso.

– Taip, ačiū.

Laura apsivelka mano striukę ir įsitaiso pavėsinės kampe su knyga, kurią jai davė Gabrielius. Matau, kad autorius kažkoks Remarkas. Nežinau kokia ir tingiu klausti. Jaučiuosi apsimiegojusi. Visi mes atrodome mieguisti ir pavargę. Kasparas prisėda prie manęs.

– Ar viskas gerai? – paklausia, bet neatrodo, kad jam rūpėtų.

– Kodėl klausi?

– Nes įdomu.

– Dar neišprotėjau.

– Tiek ir norėjau sužinoti, – ir nusišypso, bet man pasirodo – nenuoširdžiai.

– Ar gali ką nors papasakoti apie savo mamą? – išgirstu ir širdis pradeda plakti smarkiau. Aš pažiūriu į Kasparą, tada į Gabrielių. Jaučiuosi beviltiškai, nes nežinau, kaip reaguoti. Kaip reaguoti į tai, kad tas asilas papasakojo mano istoriją savo draugams. Pažiūriu ir į Laurą, ji žiūri į mane. Suprantu, kad ir ji viską žino. Tyliu, nes negaliu prasižioti, o jie visi akivaizdžiai į mane spokso ir bando atspėti, ką aš mąstau. Pirmą kartą susiduriu su Gabrieliaus žvilgsniu, ir mano organizmas į tai reaguoja kažkaip keistai. Aš sėdžiu ir galvoju, ar noriu dabar verkti. Gal noriu rėkti ar ką sviesti į juos visus? Suprantu, kad ne. Suprantu, kad nebeturiu jėgų priešintis ir jaustis nuskriausta. Aš noriu pailsėti.

– Nesvarbu, – tyliai sako Gabrielius. – Kada nors vėliau.

– Atsiprašau, – sako Kasparas, – bet aš turėjau jiems apie tave papasakoti. Pamaniau, kad taip bus geriau, nei tau pačiai viską aiškinti.

– Ar viskas gerai? – girdžiu Laurą.

– Aha, – dar kartą pažiūriu į visus ir suprantu, kad jie tikrai keisti.

Naktį mes vos mirtinai nesušalome pavėsinėje. Aš dalijausi miegmaišiu su Laura. Ji daug kosėjo, o dabar jau ir užkimus ir skundžiasi, kad galvą skauda. Buvo nepatogu, šalta, sapnavau kraupią nesąmonę.

Ryte visi esam suirzę, bet suprantame, kad, deja, neturime ko kaltinti, nes vakar sutartinai nubalsavome, kad niekur iš čia neisime, – neturėjome jėgų pasikelti. Dabar mes visi juokingai susivėlę ir apsimiegoję. Aš jaučiuosi purvina ir man vis dar baisu. Atrodo, kad gyvenu paskutines savo gyvenimo dienas. Atsikeliam apie dešimtą. Susikraunam daiktus. Dabar Laura atrodo žmogiškesnė, nes dėl savo blogos savijautos mažiau šypsosi ir yra ne tokia maloni kaip vakar. Kasparas ją glosto, o ji niūriai žiūri sau į kojas. Galvoju, kad gali būti, jog jie pora. Nesvarbu. Gabrielius eina nusimyžti, o kai grįžta, paklausia, ką dabar darysim.

– Aš norėčiau dingt iš čia, nes niekas iš mano pažįstamų neturi matyti manęs vaikštinėjančios pamokų metu. Ir šiaip. Tėvai mano, kad aš išvažiavau su klase į ekskursiją. Jeigu jie ką sužinos – man šakės. Žinot mano tėtį, – Laura kalba gergždžiančiu balsu. Kelis kartus sukosti.

Ji kažką svarsto ir pagaliau nelabai ryžtingai sako:

– Tai einame į stotį ir sugalvosim, kas toliau.

– Gerai, tada galim keliauti, – Kasparas kaip visada linksmas, ir mane tai pradeda kaip reikiant nervinti.

– Tik pakeliui užsuksim, kaip visada, gerai? – stodamasi klausia Laura.

Aš, kaip visada, nesuprantu, ką ji turi galvoje. Bus matyt. Kasparas jai linkteli ir nusišypso.

– O paskui? – Gabrielius atrodo dar miegantis.

– Man tas pats, – sako Kasparas. – Man rodos, tu, Severija, norėjai nuvažiuoti į kažkokį miestą?

– Tai man nesvarbu, – pasakau negarsiai.

– Tai sakyk, nes kitaip teks čia apsigyventi.

– Aš net jo pavadinimo neprisimenu.

– Šiaip ar taip, mes čia esam daugiausia dėl tavęs, – tai nuskamba man labai maloniai, – todėl trauksim, kur tu nori, – Kasparas kalba labai garsiai, jaučiu, kad ir man tuoj pradės skaudėti galvą. Jis įtartinai geras ir malonus. Noriu pasakyti, kad dabar, prie draugų, jis daug paprastesnis. Aišku, vaikinas, ir nieko čia nepadarysi.

– Taigi gerai, vis tiek einame į stotį, Severija gal prisimins to miesto pavadinimą.

Laura man nusišypso.

– Taip, aišku. Aš jį žinau, tik dabar neprisimenu, – sakau.

Einame kitu keliu nei vakar. Ši miesto dalis ne tokia graži kaip ta, kurią vakar matėm. Laura, rodydama į kai kuriuos pastatus ar vietas, vis ką nors pasakoja. Ji čia viską žino, žinoma, taip ir turi būti. Šiandien jau iš pat ryto pradėjo niežėti randą, kiek graužia ir nemaloniai peršti. Kažkodėl būtent dabar prisimenu, kaip jis atsirado ant mano žando. Einu prie Lauros. Visi tyli, o mano galvelėje anaiptol ne tylu.

Aš sėdžiu virtuvėj prie stalo. Čia, savo tikruose namuose. Prieš dvejus metus. Ir languotos staltiesės mes neturėjome. Tuo metu buvo atvažiavęs tėtis su broliu, ir aš girdėjau, kaip kitame kambaryje negarsiai groja muzika. Taip pat girdėti verčiamų laikraščių garsas. Tėtis skaito. Suprantat, buvo praėjusi diena po to, kai išvežė mamą. Tuo metu aš nežinojau, kaip viskas bus. Man buvo dar baisiau nei dabar. Tai visiškai suprantama. Taigi. Prisimenu, aš tiesiog sėdėjau tokioje baisiai mažoje virtuvėje, kriauklėje buvo krūva nesuplautų indų, ant stalo, kitame gale, stovėjo juodas puodelis ir aukšta stiklinė. Stiklinėje dar buvo likę sulčių. Ant viryklės stovėjo puodas. Žinojau, kad jis pilnas grikių košės, kurios aš nekenčiu. Tuo metu mes turėjome katę. Didelę ir juodą, ją nepaprastai mylėjo mama. Man ji nelabai patiko, nes buvo tokia kaip visos katės – pasipūtusi ir užsispyrusi. Dabar matau, kaip ji guli ant kėdės toje vietoje, kur sėdėdavo mama. Katė liūdi. Gyvūnai nėra kvaili. Pažiūriu pro langą ir matau kitą namą, stovintį kiek toliau nuo mūsiškio. Ir prisimenu, kaip mama mėgdavo kartais vakarais žiūrėti pro šitą langą, nes daugelis mūsų kaimynų langų be užuolaidų. Jai patikdavo juoktis iš to, ką matydavo pro jų langus. Ji kvatodavo, kai pamatydavo kokį persirenginėjantį vyrą ar moterį, besibarančius sutuoktinius (visada smagu juoktis iš kitų nelaimių) ar kokį juokingą senuką, žiūrintį seną filmą. Man niekada nebuvo įdomu žiūrėti pro langus ir matyti kitų gyvenimą. Man tai atrodė kvaila. Ir aš sėdžiu ir prisimenu kiekvieną smulkmeną, susijusią su mama. Kaip jau sakiau, tada man buvo šimtą kartų baisiau ir liūdniau nei dabar. Aš sėdžiu ir žiūriu į sieną, kurios beveik nesimato pro ašaras. Bandau įsivaizduoti, kad nieko nebuvo, tai tik mano blogas sapnas.

– Mama, – sušunku.

Ateina brolis, visas įpykęs.

– Suprask, kad jos nėra. Suprask. Nekankink savęs ir kitų, – ir išeina. Jis niekada nebuvo nei jautrus, nei malonus man.

Ir tik tada aš tikrai suvokiau, kad viskas tiesa, ką prisimenu, o ne mano košmaras, sapnuotas naktį. Ir pasidaro dar klaikiau. Labai gerai jaučiu stipriai tuksenančią širdį, skruostais riedančias ašaras. Taip, tai tiesa. Ir prisimenu

visus vakar girdėtus apgailėtinus, raminančius žodžius, to-
kius kaip: nenusimink, Severija, tu išgyvensi, arba: tu dėl
to nekalta, nekaltink savęs. Labiausiai mane siutino tie de-
biliški gailestingi žvilgsniai, galvos ar rankos paglostymai
arba „mielos" šypsenos. Visi tie žmonės turėjo man sakyti
tuos žodžius ir daryti mane erzinančius veiksmus, bet man
nuo to nebuvo geriau.

Ir aš pabandau mąstyti apie manęs laukiantį gyvenimą.
Gyvenimą, pilną gailesčio. Ir suprantu, jog nenoriu, kad
manęs gailėtųsi. Atsistoju ir prieinu prie kriauklės. Atsuku
vandenį ir nusiprausiu veidą. Geriau nesijaučiu ir supran-
tu, kad gerai jau iš viso, matyt, niekada nesijausiu. Klaiku
ir kraupu, aplinkui viskas ima suktis. Pagriebiu pirmą po
ranka pasitaikiusį daiktą ir persirėžiu juo žandą. Peiliu. Jau-
čiu šilumą ant žando, ir net ašaros nustoja bėgti. Ir tą aki-
mirką, kai supratau, kad kraujuoju, man jau nebebuvo bai-
su. Tada galvojau, kad taip žmonėms atrodysiu grėsmin-
ga, o ne vargšelė psichiškai sergančios moters dukra.

– Aš pati kalta dėl šito rando, – sakau negarsiai, bet su-
prantu, kad jie mane išgirsta, nes sustoja.

– Ką? – išsigandusi klausia Laura.

– Taip, aš pati peiliu persipjoviau žandą. Tikrai, – ir jau-
čiu akyse ašaras, dvi, ant skruostų, ir viskas, tik plakančią
širdį, o kūno nebelieka. Kažkur nuplaukia. Atsisėdu greit
ant purvino takelio, kad nepargriūčiau, ir jaučiu, kad rei-
kia užsimerkti. Iš pradžių jie tyli, ir man nemalonu. Tik
dar baisiau, suprantate?

– Jis tave tik puošia, – sako Kasparas.

– Nereikia manęs guosti! Supraskit pagaliau. Jums atro-
do kvaila, nes man keturiolika, bet ir patys elgiatės kaip

kvailiai. Man nereikia nei paguodos, nei užuojautos. Man to nereikia. Ir aš nesuprantu, ką čia darau ir kodėl esu čia, – ir vėl tos suknistos ašaros. Nekenčiu. – Jūs net neįsivaizduojate, ką visa tai reiškia. Jūs, matyt, galvojate, kad mane suprantate, bet anaiptol taip nėra. Jūs negalite įsivaizduoti, koks kvailas, debiliškas ir suknistas yra mano gyvenimas. Aš nieko neturiu. Žinau, kad skamba kaip iš grauduaus filmo (atsiprašau, kad visur miniu filmus), bet taip yra. Aš tik noriu… ne, aš net nežinau, ko noriu. – Kiek apsiraminu ir pakeliu akis. Kasparas nusisukęs sėdi ant saksofono dėžės, Laura žiūri į žemę ir giliai kvėpuoja, o tas kitas vaikinas žiūri į mane. Nusuku akis. Negaliu. Esu dėkinga jiems už tai, kad dabar jie nesako ir nedaro nieko guodžiančio, nes tai būtų absoliučiai apgailėtina. Net pamanau, kad jie mane suprato. Šią minutę.

– Einam. Tau ten reikia, – sako Laura ir parodo.

– Nebenoriu niekur eiti.

– Tik nueikim ten, o paskui galėsi daryti, ką nori.

Pažiūriu į ją. Ji išties labai keista. Žiūri į mane rimtai. Mes vėl einame. Nesuprantu, kas iš to. Norėčiau tiesiog dingti iš gyvenimo. Nuskristi kur nors ir nebegrįžti, nes, žinokit, nuoširdžiai sakau – nematau prasmės čia likti. Laura apkabina mane per pečius, nieko nebesako. Girdžiu, kaip už mūsų vaikinai kalbasi. Nežinau apie ką. Nerūpi.

Kai įeinam į bažnyčią, iš karto pagalvoju, kad gal jie iš manęs tyčiojasi. Rimtai. Piktokai pažiūriu į visus. Jie nė nesiruošia juoktis, net nesišypso.

– Ir jūs nejuokaujat?

– Neliepiam tau melstis, tiesiog pabūk čia. Čia gera.

– Aš net nežinau, ar tikiu Dievą. Kodėl mane čia atsivedėt?

– Tau turėtų būti baisu.

– Kas?

– Netikėt Dievo.

Man pikta. Bažnyčia nedidelė ir dar tuščia. Čia vėsu ir keistas kvapas. Atsisėdame netoli stalo, ar altoriaus, kaip jis ten vadinasi. Mes tiesiog sėdime. Man tai atrodo nepaprastai kvaila.

– Jūs labai keisti, – sakau, o jie tyli. Pažiūriu. Tokie rimti visi. Aš net nežinau, kaip žegnotis, o sėdžiu čia. Nesąmonė.

– Aš gal einu iš čia. Nesu jokia suknista katalikė.

Kasparas piktai į mane pažiūri.

– Sėsk ir tylėk. Tu pati nesupranti, ko nori.

– Taip, nesuprantu. Nesakau, kad yra kitaip.

– Tam mes tave ir atvedėm čia.

– Ką? – dar labiau susinervinu.

– Tam, kad suprastum, ko nori.

– Jūs tikit Dievą?

– Tikim netikim. Mes tiesiog žinom, kad taip yra. Taip daug lengviau. Lyg turėtum dar vieną bičiulį.

– Nematomas draugas.

– Tas ir yra smagiausia.

– Kodėl turėčiau suprasti, ko noriu, čia?

– Nes čia niekas į tave nežiūrės ir nesigailės.

– O kitur?

– Žinoma. Tu tikrai keli gailestį.

Kurį laiką buvau pamiršus, koks jis idiotas. Dabar man pikta ant jų visų. Ką aš čia darau?

Jeigu Dievas yra, kas man iš to? Bet iš tikrųjų, pagalvokit, kas man iš to Dievo? Sakykime, jis tupi ten kur nors danguj, nors tai nerealu, ir ar nuo to man geriau? Pasakysiu jums: ogi ne! Šiaip ar taip, aš esu čia. Ką galiu daryti?

Melstis? Aha, kurgi. O kaip tai turėtų atrodyti? Nesvarbu. O jeigu pabandyčiau?

Ai…

Labas, Dieve. Net nežinau, ar tu esi, bet aš esu čia ir vis tiek nežinau, ką daryti ar galvoti. Tik žinau, apie ką galvoti nenoriu. Nežinau, ar mane pažįsti. Tfu, žinoma, kad ne, bet gal žinai mane. Gal dabar į mane žiūri. O siaube, kaip aš čia svaigstu.

Noriu tau, Dieve, pasakyti, kad net jei tu esi, aš labiau linkusi tavęs nemėgti nei mėgti, nes aš nesuprantu, kam tau reikėjo sukurti tokį kvailą pasaulį ar, tiksliau, mano gyvenimą. Nežinau, kaip ten iš tikrųjų yra su tuo gyvenimų kūrimu. Nežinau, nuo ko tai priklauso. Šiaip ar taip, kaltinti jau per vėlu, nors man vis tiek pikta. Noriu labai labai paprašyti, ir žinok, prašysiu labai nuoširdžiai, noriu paprašyti, kad, jei esi su tuo susijęs, tai gal kiek pakoreguotum mano gyvenimą, – ne praeitį, bet labai prašau padėti man ateityje, jei tokia bus. Ne, iš tiesų aš tiesiog prašau padėti man išgyventi šiandien, nes kol kas nesu įsitikinusi, kad man pavyks. Man labai labai baisu, žinok. Jei tau bent truputį rūpiu, bent truputį, aš tavęs prašau pagalbos. Ai, nesąmonė… gal geriau aš patylėsiu. Pradedu kalbėtis su Dievu – va tai tikrai reiškia, kad man nekas.

Girdžiu, kaip Gabrielius kažką šnibžda Kasparui. Laura tyli ir žiūri į viršų. Atrodo gražiai. Žvilgteli į mane, bet nenusišypso.

Taigi, Dieve, ką tik supratau, kad negerai normaliai nebaigti pokalbio. Dabar pagalvoju – gal ir visai norėčiau žinoti, kad esi. Čia kaip su ateiviais – visi kalba, bet iš tikrųjų niekas nematė, nors sako kitaip. *Whatever*. Žinai, kada tikrai patikėčiau, kad esi? Jei sugebėtum man įrodyti, kad gyvenimas nėra tik mėšlas. Ar galėtum? Nemanau, bet žinok, kad jei tai suprasčiau, tikrai tikrai dar kartą su tavim pasikalbėčiau, gal ir patikėčiau, kad esi. Gal. Taigi. Šiaip, žinok, truputį pykstu ant tavęs, bet tai tikriausiai tik mano pačios bėda. Sakau viso gero jums, pone Dieve.

Devynioliktas

Sužinom, kada važiuoja traukinys į tą miestą, Kasparas nuperka bilietus ir mes sėdim perone ir laukiam traukinio. Visi labai tylūs ir suniurę. Aš vis nenorom galvoju apie mamą. Pavyzdžiui, kaip ji turėtų dabar atrodyti ir elgtis. Kaip jai sekasi? Širdies kamputyje galvoju: gal galėtų taip būti, kad aš nueinu pas ją ir pamatau sveiką. Tokią, kokia ji buvo beveik visą savo gyvenimą. Deja, suvokiu, kad taip negali būti. Mes užeiname į kažkokią pigią, nešvarią stoties kavinę, nes visi norime valgyti. Aš užsisakau blynų su varške ir braškių uogiene. Atsegusi kuprinės mažąją kišenę randu ten Monikos telefoną. Prisimenu, jog sakiau, kad jai paskambinsiu. Pasakau jiems, ką turiu padaryti, ir trumpam išeinu. Paskambinu jai. Monika susijaudinusi ir nervinga. Sako, kad ir vakar jaudinosi. Galiu lažintis, kad tik man paskambinus mane prisiminė. Sakė, kad dažnai skauda galvą ir pilvą, kad buvo pas gydytoją. Kai kalba apie vaikelį, jos balsas pasikeičia, sušvelnėja. Monika pamiršo, kad turi vaidinti, jog pyksta. Aš pasakau, kad viskas gerai, tėtis perduoda jai linkėjimų, ir ji paprašo duoti su juo pasikalbėti, tada pasakau, kad dabar jis darbe. Ji patiki ir taip pat perduoda jam linkėjimų. Atsisveikinu. Pagalvoju, kad reikėtų paskambinti tėčiui ir priminti apie mano atvažiavimą, bet nutariu, kad tai padarysiu kitą dieną. Grįžtu, ir mes suvalgome viską, ką turime savo lėkštėse. Mudvi su Laura išgeriame po puodą arbatos, o vaikinai kolos. Jie kiek pralinksmėja. O aš? Nežinau. Negaliu nustoti mąsčiusi apie savo suknistą gyvenimą. Aš tiesiog pati save žudau. Žinau.

– Gal jau nori ką nors papasakoti? – klausia Gabrielius.
Jis vėl vengia mano žvilgsnio. Gurkšteliu arbatos.
– Nežinau.
– Galiu paklausti?
– Nežinau.
– Kokia muzika tau patinka?
Tikrai labai nustembu, išgirdusi tokį klausimą, šypteliu.
– Nežinau. Iš tikrųjų, – tiesą sakant, man gėda sakyti, kad patinka visokie gamtos garsai, o ne kokia kieta grupė.
– O tau?
– Man?
Linkteliu.
– „The Beatles".
– Kas?
– Tu nežinai bitlų?! – klausia Gabrielius, ir jie visi trys klausiamai į mane sužiūra.
– A... esu girdėjus.
– Tu nežinai, – sako Kasparas.
– Džonas Lenonas, Polas Makartnis, Ringas Staras, Džordžas Harisonas – nežinai jų? – Laura atrodo net kiek pasipiktinusi.
– Aš tikrai esu apie juos girdėjusi. Taip, sena grupė. Jau nebėra. Jie jau mirę.

– Kaip – mirę? – garsiai klausia Gabrielius. – Polas ir Ringas yra gyvi! Kaip galima to nežinoti?

– Atleiskit, dėl Dievo, – jaučiuosi sutrikusi.

– Kaip gali taip sakyti, jei net netiki Dievo? – sako Laura.

– Klausykit, gerai, aš nežinau tų jūsų betlų ar kaip...

– BITLŲ! – šaukia visi choru.

– Atsiprašau, – išties jaučiuosi kvailai, nors ir nesuprantu, kaip galima taip supykti dėl kažkokios grupės.

– Gerai, nesinervink. Viskas gerai.

– Tiesiog nesuprantu, ko jūs taip nervinatės.

– Gabrielius negali be jų gyventi, – sako Kasparas.

– Taip, jie istorija. Jie nepamirštami, – sako Gabrielius.

– Mes tave išauklėsim – padarysim iš tavęs padorų žmogų, – nusišypso Laura ir paglosto man ranką.

Nežinau, ar man dabar reikia džiaugtis. Paliekame dvidešimt centų arbatpinigių, nes visi taupome, tada išeiname. Jau laikas į traukinį. Vėsu. Aš su dviem megztiniais ir Kasparo liemene, Laurai paskolinau striukę. Gaila, kad dar nejusti tikro pavasario, nors jau kvepia juo. Dangus kiek prašviesėja.

– Palaukit, tai į kurią pusę mes važiuojam? Negi į tą? – nesuprantu.

Kasparas nusijuokia.

– Esi su mumis ir gali būti rami, nuvešim tave ten, kur reikia.

– Aha... nesu tuo tikra.

Jie visi nusijuokia. Atvažiuoja traukinys ir mes įlipame. Šį kartą žmonių nemažai. Mes su Kasparu sėdime vienoje pusėje, prieš Laurą su Gabrielium. Man įdomu, kokiomis knygomis jie apsikeitė. To ir paklausiu. Sužinau, kad Laura Kasparui padovanojo kažkokią Dostojevskio knygą, Kasparas Laurai – tą pačią „Be šeimos", o Gabrieliui – „Senis ir jūra". Gabrielius Laurai – knygą apie Antrąjį pasaulinį karą, dabar pamiršau pavadinimą, Kasparui – „Pasaulis pagal Garpą". Laura Gabrieliui – Selindžerio apsakymus. Jie tikrai labai keista kompanija. Kaip iš kokio kito pasaulio. Pažiūriu į juos ir man pasidaro baisu, nes atrodo, kad jie gali bet kurią minutę pradingti iš čia. Tada vėl liksiu viena. Važiuojam, aš žiūriu pro langą. Mano akys su Gabrieliaus susitinka ir aš pabandau žvilgsnį sulaikyti, bet tas tiesiog lėtai nuleidžia akis. Pastebiu, kad jo lūpos labai gražios formos, o akys gilios ir įdomios. Juokinga, kad sėdžiu dabar ir galvoju apie jo lūpas ir akis. Tai man nebūdinga. Nusuku akis į Laurą. Ji kažką rašo į mažytę margą knygutę. Susirišusi plaukus, nusivilkusi striukę, liko tik su tuo žaliu megztiniu, pastebiu medinį pakabuką ant jos kaklo. Kasparas pasakoja Gabrieliui apie filmą, kurį neseniai matė. „About a boy". Kaip suprantu, jam daug labiau patiko knyga. Apie filmą esu girdėjusi, bet niekada nežinojau, kad yra ir tokia knyga. Kasparas baigia, Gabrielius išsitraukia plokštelių grotuvą, įjungia ir paduoda man.

– Ir ką?

– Paklausyk. Tai tik tavo labui, – ir antrą kartą pamatau jo šypseną. Žavu.

– Nežinau, ar ilgai ištversiu, – taip pat kreivai šypteliu.

– Tu tik klausyk ir mėgaukis, – nusijuokia ir Laura.

– Pabandysiu, – ir įsikišu ausines. Išgirstu muziką ir suprantu, kad man nepatinka. Gal tik kol kas.

Gabrielius žiūri pro langą, Laura dabar jau skaito „Be šeimos", pati sakė – antrą kartą, o Kasparas rašo į didžiulį sąsiuvinį. Visa tai jums pasakoju be jokios priežasties, tiesiog manau, kad tiksliau viską įsivaizduosite, jei žinosit, ką aplinkiniai žmonės veikia. Dešinėje nuo mūsų niekas nesėdi, toliau matau du senus vyrus, skaitančius laikraščius, taip pat jauną įsimylėjėlių porelę – mergina snaudžia, o vaikinas apkabinęs ją skaito knygą. Taigi. Traukinyje nelabai šviesu. Pro langą matosi nedideli nameliai. Muzika groja, ir jaučiuosi keistai. Pažiūriu į tą porelę ir pagalvoju, kad man labai gaila, jog mama netikėjo meile, nes jai tai visai netiko. Tiesiog prie veido. Dėl to ji nesigraudindavo net per labai graudžias meilės istorijas. Nors ir supratau, kad mano tėtis buvo per prastas jai, man jos vis tiek buvo gaila. Nesakau, kad aš tikiu meile, juo labiau iš pirmo žvilgsnio, bet aš esu dar vaikas ir turėsiu laiko išsiaiškinti. O ji jau buvo moteris ir ja netikėjo, nors aš tada maniau, kad meilė turėtų būti mieliausias dalykas gyvenime. Taip maniau tik visai maža, tada dar nežinojau, ką apie tai mãno mama, nes taip jau būna, kad dažniausiai tėvai gali labai lengvai įtikinti net ir visai kvailais dalykais, o ypač mamos, nes mes jomis tikime. Aš ja tikėjau. Atremiu galvą į stiklą ir žiūriu į bėgančią žolę. Groja lėta daina. Dainuoja apie kažkokį *road*, gali būti, kad *winding*. Va, kartais ir praverčia anglų kalbos pamokos. Taigi. Užsimerkiu ir stengiuosi nematyti nieko, ko nenoriu matyti. Tik todėl bandau įsivaizduoti žmones, pasivadinusius *Bitlais* ir grojančius tokią muziką. Sekasi. Lėta daina, mintys, ir imu snausti. Matau daug įvairių vaizdų: baltą ligoninę, ežerą, žvaigždes, kažkieno šypseną, mamos akis, Monikos pilvą, Gabrieliaus lūpas, blynus, gėles, bėgius, ranką ant savo rankos, apkabinimą. Atsimerkiu. Laura man šypsosi. Gabrielius iš karto nusuka akis, Kasparas vis dar kažką rašo. Pažiūriu pro langą ir man pasirodo, kad vaizdai, kuriuos matau, jau yra matyti, net vienas namelis atrodo pažįstamas. Keista.

– Gal galėtum duoti tą knygą, į kurią rašė tavo mama? – pasilenkęs prie manęs klausia Gabrielius ir pasitrina akį.

Pažiūriu į Kasparą ir suprantu, kad apie ją taip pat papasakota. Ištraukiu ją ir perbraukiu ranka viršelį. Vėsus. Paduodu ją vaikinui šviesiom akim.

– Ačiū. Galima paskaityti?

– Tikriausiai.

Jis atsiverčia pirmą puslapį ir atidžiai pažiūrėjęs nusišypso.

– Oho, kokia ji graži.

Tada pažiūri į mane.

– Tu į ją visai nepanaši.

– Ačiū! – sakau ir jaučiuosi kaip gavus smūgį į veidą. Man nepatinka, kai žmonės ima kalbėti apie grožį, nes tada jaučiuosi kvailai, o kai žmogus, dar blogiau – vaikinas, tiesiog pasako, kad nesu graži, tikrai nėra malonu. Gerai, jis taip nesakė, bet esmė, sutikit su manim, ta pati. Gabrielius ima žvengti. Taip pat ir Laura. Kasparas tik pakelia galvą ir nesupranta, kas čia vyksta.

– Atsiprašau, – ir vėl žvengia, – tikrai ne taip turėjo nuskambėti.

– Bet nuskambėjo.

– Žiauriai tu čia, vaikine, – sako Laura.

– Tavo mama tikrai labai graži, ir tu tikrai man neatrodai į ją panaši, bet...

– Taip, tai gal dar kartelį pakartok, kad linksmiau būtų, – sakau.

– Bet tai nereiškia, kad tu negraži, – atrodo suglumęs. – Tai yra... a... tu nesi negraži. Tu man patinki. Tai yra man patinka, kaip tu atro... ai, nesvarbu. Žodžiu, žinok, tu tikrai nesi negraži. Tikrai.

– Ir lyg pati to nežinotum, – šukuodamasi plaukus sako Laura.

Pakeliu į ją akis, nes nesuprantu, ką ji turi galvoje.

– Kaip?

– Nevaidink, kad nežinai, jog esi graži.

– Bet aš ne…

– Aha, visos gražios merginos taip sako, – įsiterpia Kasparas, nepakeldamas galvos nuo savo sąsiuvinio.

– Ką jūs čia kalbat? – jaučiuosi ir susipainiojusi, ir susinervinusi, nes atrodo, kad jie šaiposi iš manęs. – Aš nesu graži ir niekada nebuvau!

Jie kikena.

– Galėtum tiesiog priimti komplimentą, ir tiek.

– Kokį dar komplimentą? Tai melas, o ne komplimentas. Kuris žmogus su randu gali būti gražus?! Ir šiaip… aš, aš nesu graži ir tai žinau. Aš turiu veidrodį, dėl Dievo! – įpykusi nusuku akis į langą ir atpažįstu tikrai neseniai matytą medį ir namą. – Kodėl jūs taip kalbat?

Jie rimtai žvelgia į mane. Net ir Kasparas. Tada jis žvilgteli į Laurą ir atsistoja. Jie pasikeičia vietomis. Iš kuprinės ji išsitraukia nedidelį veidrodėlį. Pažiūriu į vaikinus. Jie šypsosi.

– Tau reikia dar kartą pažiūrėti į save, mažas žmoguti, – sako ši keista panelė gražiomis akimis.

– Man nejuokinga, – sakau rimtai.

– Kas tau yra? – meiliai sako ji. – Man nuoširdžiai sunku tave suprasti. Nusiramink. Aš nieko tau nedarysiu. Kaip ir tie du, – ir ji žaviai nusišypso. – Aš tau prisiekiu, kad mes niekada nieko blogo tau padaryt negalėtume. Nebent netyčia. Mes galim pamilti kiekvieną, net ir visai naują sutiktą žmogų. Mes tavim rūpinamės. Ir rūpinsimės. Dabar aš turiu tau kai ką parodyti, gerai?

Palinksiu galva. Aš pamatau savo atvaizdą.

– Ramiai pažiūrėk į save.

– Kam to reikia?

– Tam, kad pamatytum. Kas nežiūri, tas ir nemato.

Pažiūriu. Keistai man čia viskas atrodo. Taip. Pradėkime nuo viršaus. Plaukai nelabai tvarkingi, neaukšta kakta, rusvi antakiai, nelabai ryškios žalios akys, netamsios blakstienos, nosis kaip nosis, neryškios trys strazdanos prie nosies, kiek įdubę skruostai, negražios lūpos, juokingas smakras. Bendras vaizdas – neįdomi, negraži keturiolikos metų mergaitė.

– Pažiūrėjai?

– Hm.

– Dabar pažiūrim mano akimis.

Ji prisiglaudžia prie manęs, kad galėtų matyti veidrodėlyje tą patį atvaizdą.

– Taip, žiūrim nuo apačios. Apvalus, gražus smakras, rausvos lūpos, kiek įdubę skruostai, suteikiantys ypatingo grožio visam tavo veidui, nedidelė nosis, ilgos blakstienos, nepaprastos akys...

– Ne, tai tavo akys nepaprastos, – sakau.

Ji pasižiūri ir nusišypso akimis.

– Gražios formos antakiai, neaukšta kakta, švelnūs ir labai gražūs plaukai, – ir paglosto juos. Prideda pirštus man prie veido. – Nepaprastai švelni oda, – paliečia rankas, – gražios rankos, – nužvelgia mane visą. – Graži figūra.

– Aha, – vienu metu sako vaikinai.

Aš *be galo* nustebusi pakeliu į juos akis. Laura įdeda veidrodėlį man į megztinio kišenę.

– Jei netyčia pamirši, kaip atrodai.

Kas čia vyksta? Lyg viskas būtų apsivertę. Nesuprantu, kodėl jie taip elgiasi. Ar susitarę? Gal tam, kad mane pralinksmintų?

– Kodėl tu visa tai man sakai?

– Nes tu to nežinai.

– Bet aš tikrai nemanau, kad esu graži.

– Šiaip ar taip, esi, – vartydamas mamos knygutę tyliai sako Gabrielius.

– Žinoma, – pritaria Kasparas.

– Ir mes niekada nemeluojam, – sako Laura. – Apie tokius rimtus dalykus.

Dar kartelį visus juos nužvelgiu ir jaučiuosi, lyg būčiau ne žemėj. Šiaip, nes viskas nerealu. Man taip atrodo.

– Koks eilėraštis, – sušnibžda Gabrielius ir paduoda knygą Kasparui.

Jis perskaito ir šypsodamasis atsidūsta, tada knyga atsiduria pas Laurą. Ji skaito kiek ilgiau. Kai baigia, perbraukia ranka per lapą, taip, kaip aš darau, ir paduoda knygą man. Skaitau:

ir tas vienišas akmenukas
vis dar guli
lygiai toks pat kaip ir vakar
ir girdžiu jo sekamą pasaką.
aš jam pamojuoju pro autobuso langą.
o jis tik nusišypso ir pamerkia
vieną akį – melsvąją,
aš nusijuokiu ir nuvažiuoju.
o langas glosto odą.
aš palieku tą akmenėlį
vienišą ant kelio.

pasaka buvo apie mėnulį.
negaliu jos pamiršti.

Užverčiu knygą ir galvoju. Galvoju, kur, kada ir kodėl mama parašė šitą eilėraštį. Pakeliu akis. Jie susimąstę. Niekada nepamanyčiau, kad koks eilėraštis gali taip sužavėti tokius žmones kaip šie. Keista ir įdomu. Eilėraštis. Tik atvertusi knygutę sužinojau, kad mama rašė eilėraščius. Dabar ji man atrodo dar ypatingesnė. Net nežinau, ką dar galima tokiu metu galvoti. Perskaičius tokį eilėraštį. Man jis atrodo paprastas ir asmeniškas, ir aš bandau mąstyti, ar mama, jei viskas būtų kitaip, norėtų, kad tokie žmonės, kaip šitie, prie manęs skaitytų jos eilėraštį. Ir manau, kad taip. Esu įsitikinusi beveik šimtu procentų. Atsiverčiu, greit susirandu tą eilėraštį ir perskaitau dar kartą. Rodos, lyg kas glostytų širdį. Pasidedu knygą šalia savęs.

– Juokingiausia, kad net nežinau, kuo jis toks ypatingas, – nusijuokia Kasparas.

– Iš tiesų, – tyliai sušnibžda Laura ir paglosto man galvą.

Jei turėčiau vyresniąją sesę, norėčiau, kad ji būtų tokia kaip ji. Tikrai. Nesvarbu, kad jos gerai nepažįstu. Jaučiu, kad turėjau ją sutikti.

– Tavo mama nepaprasta, – pagaliau ilgai žiūrėjęs į akis sako Gabrielius.

– Žinau, juk ji *mano mama*.

Dvidešimtas

Tik po dviejų valandų kelionės supratau, kur mes esam. Tik nesupratau kodėl. Viskas man čia pažįstama. Žinot, kodėl? Ogi todėl, kad esame mano mieste. Taip, taip, teisingai mane supratote.

– Man čia viskas atrodo taip matyta, – sakau žiūrėdama pro langą. – O, tie pastatai visai kaip ir pas mus. Keista, – pažiūriu į juos, o jie neatrodo nei nustebę, nei laimingi dėl to, kad man čia viskas primena gimtąjį miestą. Laura nusikaltusiu žvilgsniu pažiūri į mane, tada į Kasparą. Jis ramiai sumirksi akimis.

– Kodėl jūs?.. – nusišypsojusi sakau. – Ir… klausykit, juk ten televizijos bokštas! – dar kartą pažiūriu į juos. – Kas čia darosi? Ei, man rodos, mes įsėdom ne į tą traukinį. Rimtai, pažiūrėkit, juk čia tikrai ne tas miestas, į kurį turėjom važiuoti.

– Viskas gerai, – sušnibžda Laura.

Matyti, jog jaučiasi kalta ar panašiai. Aš vėl be galo sutrikusi, galva neišneša, kaip mes galėjome čia atsidurti.

– Ne, negerai. Mes sėdime ne tame traukinyje, kuriame

turėjome būti. Aš nenoriu čia. Nenoriu namo! – vėl pažiūriu pro langą ir galutinai įsitikinu, kad esu namie. Nesąmonė.

– Kodėl taip?

– Nes mes taip sugalvojome, – pažiūrėjęs į mane pareiškia Kasparas.

– Ką?! Kodėl jūs turėtumėte norėti čia atvažiuoti? Juk mes susitarėme, kur važiuoti ir... nesuprantu.

– Visa tai ne aš sugalvojau, – tyliai sumurma Laura, – tikrai.

– Bet pritarei tam. Kas paaiškins man, kas čia dedasi? – klausiu.

– Mes pagalvojome, kad tau taip bus geriau.

– Kas man bus geriau? Grįžti čia? Nesuprantu, jūs nebenorite kartu kur nors važiuoti? Galėjote taip ir pasakyti...

– Mes tik norime, kad padarytum tai, ką turi padaryti, – sako Gabrielius.

– KĄ AŠ TURIU PADARYTI, PO VELNIŲ?!

– Nesupranti?

– Ne, aš nemoku skaityti minčių! – man pikta, o Dieve, kaip pikta. Kas čia darosi? Pastebiu abiejų įsimylėjėlių, sėdinčių priešais, žvilgsnius ir bandau nusiraminti.

– Tu turi aplankyti savo mamą... gal to ir...

– Ką?! Ką aš turiu padaryti? APLANKYTI SAVO MAMĄ? Ką jūs... Kas jums pasidarė? Kodėl vaidinate suknistus geruolius, norinčius padaryti ką nors „naudingo"? Kodėl jūs taip? Kas jums iš to? – iš pykčio užgniaužia gerklę, o jie lieka tokie pat ramūs, kaip ir visada man pykstant.

– Nieko mes nevaidinam. Žinau, kad nesuprasi, bet, kaip jau sakėm, jei mes susipažįstam su žmogum, kuris beveik tampa mūsų draugas, privalome daryti viską, kad atvestume jį į protą.

– Mes esam įsitikinę, kad tau taip bus gerai.

– Tu tik nueik pas ją, ir galėsim važiuoti, kur tik norėsi.

– Jūs idiotai. Rimtai. Kas jums iš to? Kas man iš to, kad ją pamatysiu?

– Klausykit, aš nesu įsitikinusi, kad jai nuo to bus gerai, – nedrąsiai sako Laura, žiūrėdama tai į Kasparą, tai į Gabrielių. – Pagalvokit, gal teisingai ji sako – ar jai nuo to bus geriau? Kas pasikeis?

Jie nutyla. Visa šita situacija atrodo dar kvailesnė.

– Žinau, kad bus gerai, – sako Gabrielius žiūrėdamas pro langą.

– Iš kur gali žinoti? Kaip?!

– Nes tai patyriau.

Niekas nesitikėjo tokių žodžių.

– Tik ne su mama.

– Tada tai ne tas pats, – atsargiai sakau.

– Mano sesė serga.

– Ką? – nustemba Laura.

– Taip.

Kaskart, kai man atrodo, kad viskas beprotiška, atsitinka kas nors dar beprotiškesnio. Kodėl, Dieve, nenori, kad pradėčiau tave tikėti? Žinoma, gal tau nieko iš to. Pažiūriu į vaikiną priešais save. Jis neatrodo nuliūdęs. Gal tik rimtesnis.

– Taip, sesė ir mama nėra tas pats. Taip pat nemanau, kad jų būklė tokia pat, – pakelia akis. – Bet žinau, ką reiškia, kai artimas žmogus staiga pasikeičia į bloga dėl ligos. Taip pat žinau, ką reiškia to gėdytis, nenorėti pripažinti. Žinau, kad visiškai nesinori to žmogaus matyti, nes pikta ant jo.

Tiesa. Visiška tiesa. Kodėl viskas keičiasi taip staiga ir būtent į tokią pusę? Žinot, kas man čia atrodo kvailiausia?

Tas, kad visa, ką pasakoju be savo pačios noro, išvirto į liūdną melodramą. Tik be meilės. Viskas net per daug netikroviška, kad galėtumėt tikėti. Nieko. Žinokit, ir man pačiai nesinori tikėti.

– Dabar tu negali suprasti, ar ne?

– Ko?

– Visko. To, kas susiję su ja, ir šiaip daug ko gyvenime.

– Tiesa.

– Mes žiūrim į tave ir matom, kad tau reikia kažko. Visi linkteli.

– Tave reikia atvesti į protą, – Kasparas kaip visada tiesmukas šiknius.

– Norit pasakyt, kad esu kvaila?

– Ne. Norim pasakyti, kad tau reikia susivokti.

– Šitai ir pati žinau.

– Bet galiu lažintis, kad neketini daryti nieko, kas pakeistų tavo gyvenimą.

– O kam to reikia?!

– Nes dabar tu dar nelabai panaši į žmogų. Atrodo, kad, be pykčio, tu nieko nejauti, – Gabrielius pasako dabar jau žiūrėdamas į mane.

Per daug minčių. Aiškiai per daug.

– Aš tikrai neisiu į tą ligoninę. Galų gale net nežinau, kur ji yra. Jeigu jūs taip, tada aš apsisuku ir važiuoju pas tėtį, kur ir turėčiau būti.

– Tikiesi, kad mes tave taip lengvai paleisime? – teiraujasi Gabrielius.

Traukinys sustoja, mes išlipame. Kasparas pasiūlo prisėsti ant suoliuko ir ima man aiškinti, kaip turėčiau elgtis, taip pat atsiprašo, kad taip pasielgė be mano žinios. Juk ir taip aišku, kad nebūčiau sutikusi. Aš nežinau, ką daryti. Kad nekelsiu kojos į ligoninę, tikrai aišku, bet ką dabar man daryti? Negaliu tiesiog grįžti namo pas Moniką. Iš esmės galiu, bet nenoriu. Važiuoti pas tėtį? Taip, matyt, reikės. Kai jie pagaliau užsičiaupia, nužvelgiu juos ir man pasidaro liūdna. Dėl savęs ir dėl jų. Nemaniau, kad jie taip galėtų pasielgti. Gerai, gal jie ir nenorėjo nieko bloga, bet taip negarbinga! Kasparas ir Laura atsistoja, atsisveikina žadėdami tuoj grįžti ir kažkur nueina. Kas dabar? Gabrielius lieka.

– Žinau, kad manęs nesuprasi, bet aš tavęs dabar palikti negaliu.

– Tikrai nesuprantu.

– To iš tavęs ir nereikalauju. Einam pasivaikščiot. Noriu ledų.

– Aš nenoriu. Važiuoju pas tėtį.

– Palauk kelias valandas. Kviečiu tave į pasimatymą, – sako jis, bet neatrodo, kad iš tiesų to norėtų.

– Nenoriu eiti su tavim į pasimatymą.

– Gerai, nesvarbu. Eime, ir tiek. Tikrai nieko neprarasi.

Suprantu, kad iš dalies tai tiesa, ir nusprendžiu, kad pasivaikščioti noriu, nes jaučiuosi kaip pritvota. Gaivus oras gali prablaškyti. Iš tiesų norėčiau būti viena, bet atrodo, šitas vaikinas nusiteikęs nuo manęs neatsikabinti. Einame. Prie stoties nemalonu. Staiga išgirstu lyg ir pažįstamą balsą ir atsisuku. Prie nedidelio pastato, bene parduotuvės, stovi Robertas. Taip, tas pats Robertas, ir kažką kalbasi su vyriškiu gelsvais plaukais ir languotais marškiniais. Sustabdau Gabrielių ir jau ruošiuosi eiti prie jo, kai pamatau tai, ko tikrai nesitikėjau.

Tas vyras gelsvais plaukais garsiai nusijuokia ir pasilenkęs bučiuoja Robertą! Taip, TAIP, TAIP. Gerai supratote! Stovi du vyrai už kampo ir bučiuojasi. Man akys išlėkė iš akiduobių. Na, suprantate, ką noriu pasakyti. Gabrielius išleidžia garsą, kuris turėtų reikšti: čia tai bent. Viešoj vietoj? Galėtų bent niekam nematant.

BRANGUSIS DIEVULI, GALIU TAU PAŽADĖTI, KAD NIEKADA TAU NESIMELSIU, NES PO TO, KAI TAI PADARIAU, VISKAS DAR LABIAU NEĮTIKĖTINA, NEI GALĖJAU PAGALVOTI.

Aš tikrai nesuprantu, kas čia vyksta. Tikrai.

– Kodėl jis taip daro? – išsigandusi klausiu.

– Matyt, dėl to, kad jam taip patinka, – nusijuokęs sako Gabrielius. – Nori pažiūrėti ar jau galim eiti?

– Jis mano tetos *ex*.

Jis nutyla.

– Negi tavo teta tokia, kad pabuvę su ja vyrai supranta, jog su vyrais daug geriau?

– Nežinau… – vis dar žiūrėdama į tuos du sakau. Taigi. Kas dar gali atsitikti?

Nušaukit mane. Tikrai prašau mane nušauti. Noriu viską greičiau baigti. Atsibodo. Va dabar tikrai baisu. Vėl atrodo, kad esu kažkur kitur. Labai toli. Atsisuku į Gabrielių.

– Nereikia, – sako jis nustebęs, – kodėl verki?

Aš staigiai puolu prie Gabrieliaus ir tik tada, kai jis mane apkabina, jaučiuosi kiek geriau. Girdžiu, kaip plaka jo širdis. Taip pat ir mano. Manoji daug smarkiau. Jaučiu ašaras ir jo petį, taip pat plaukus. Suprantu, kad elgiuosi ne taip, bet dabar man nebebaisu. Tikriau, ne taip baisu. Jis tiesiog stovi, ir tiek. Nieko nesako, neglosto manęs. Noriu atsibusti iš šito sapno. Ne dėl Roberto verkiu. Tikrai ne. Jis tik maža dalelė viso kalno šuniškų dalykų mano šiandieniame gyvenime. Tvirčiau apsikabinu vaikiną, kurio beveik nepažįstu, ir suvokusi, kad taip negerai, atsitraukiu. Jis žiūri į mane ir nieko nesako. Žengiu kelis žingsnius ir mes abu pradedame eiti. Net neįsivaizduoju kur.

– Man labai baisu.

– Žinau.

– Nemanau, kad žinai, kaip baisu.

– Gal ir nežinau.

– Man nepaprastai baisu, nes atrodo, kad gyvenu ne tokį gyvenimą, kokį turėčiau.

– Tu gyveni tokį gyvenimą, kokį gyveni. Patikėk, tik nuo tavęs priklauso tavo gyvenimo kokybė.

– Aš tuo abejoju, – nusišluostau akis. – Žinok, aš buvau tikra, kad galiu pagerinti savo gyvenimą.

– Kaip?

– Šita kelione. Tikėjausi pamatyti ką nors nauja ir suprasti dalykus, kurių nesupratau, o išėjo tik dar blogiau.

– Nemanau.

Einam tylėdami, einam ilgai, o aš net nežinau, kur ir kodėl einam. Užeinam į mažą parduotuvę kažkokiam rajone, Gabrielius nusiperka porciją ledų. Aš ne. Po maždaug penkiolikos minučių atsiduriame normalesnėje vietoje. Jau praėjom kelis parkus. Čia gražu. Įdomu, bet šitos miesto dalies aš visai nepažįstu. Ir tik pamačiusi aptvertą didelį pilką pastatą su parku suvokiu, kur esame, ir suprantu, kad nebeturiu jėgų nei pykti, nei dar ką nors daryti.

– Eime?

– Manau, kad elgiesi šlykščiai.

– Aš taip nemanau. Gal elgiuosi neetiškai, bet taip reikia, pamatysi.

– Nevaidink visažinio, gerai?

– Pasistengsiu.

Aš atsisėdu ant suoliuko kitoje gatvės pusėje priešais ligoninę.

– Negalvok, tiesiog daryk. Taip bus lengviau.

Pažiūriu į jį ir pagalvoju, kad dabar labai norėčiau jam trenkti, taip, kaip jau daug kartų norėjosi trenkti Kasparui.

Jis nieko nesako. Prisėda šalia. Atsidūstu, vėl jaučiu garsiai plakančią širdį. Jis mane apkabina. Labai stipriai. Jaučiuosi keistai, bet man malonu. Suprantate, aš tiek daug laiko su niekuo nebuvau apsikabinusi, o dabar tai darau antrą kartą per dieną. Tyliai pasakau „ačiū" ir užsimerkiu. Išgirstu atvažiuojančią mašiną ir atsisėdu tiesiai. Gabrielius man nusišypso.

– Aš draugiškai, – sako.

– Tai ne, kabini, – dirbtinai nusijuokiu. – Gerai. Noriu pažiūrėti, kaip ten viskas viduj atrodo. Tikrai tai darau ne dėl to, kad jūs taip sugalvojot. Tiesiog. Vis tiek anksčiau ar vėliau teks.

– Ar tu visiškai nenori jos pamatyti?

Pagalvoju.

– Aš jos pasiilgau, – suprantu, kad taip tikrai yra. Aš jos nepaprastai pasiilgau. – Labai labai jos pasiilgau. Tikrai. – Pravažiuoja dar viena mašina. Šį kartą raudonas džipas. – Bet aš pasiilgau jos ne tokios, kokia yra dabar. Tokios mamos aš bijau.

– Laikas su tuo susitaikyti.

– Žinau, bet labai sunku.

– Tikrai tave suprantu.

– Ar sakiau, kokia nuostabi ji buvo?

– Ne, nesakei.

– Tai pasakysiu. Ji buvo nepaprasta, ypatinga, graži, my-

linti, protinga, puiki aktorė, nuostabi. Ji kvepėjo mama ir
net mokėjo kepti kartais skanius blynus.

Jis nusišypso ir juokingai sučiaupia lūpas.

– Ji buvo kaip tikriausias angelas. Nepaprasta. Tikrai.

– Nemanai, kad ir tu panaši į angelą?

Nustebus pasižiūriu į Gabrielių.

– Tai jau tikrai ne. Nebent kokia jo išnara.

– Tu – angelo kiaušinis.

Dar kartą, dar labiau nustebusi pažiūriu į jį. Vaikinas tik-
rai labai keistas.

– Mano mama nededa kiaušinių.

Nusijuokiu. Šimtaprocentiniu juoku.

Dvidešimt pirmas

Įėjusi į vidų jaučiuosi kiek išsigandusi. Apsauginis prie durų iš karto paklausia, ką mes čia veikiame. Gabrielius jam paaiškina. Budinti moteris pasako, jog dėl lankymo reikia kalbėtis su skyriaus vedėja ar pan. Sužinome, į kokį kabinetą eiti. Kojos dreba.

– Žinau, kad dabar tik pati esu atsakinga už tai, jog esu čia.

– Aš sutinku prisiimti kaltę.

– Aš tau to neleidžiu. Atėjau čia savo noru.

– Viskas bus gerai.

– Man taip neatrodo. Jaučiu, kad viskas baigsis prastai. Ji juk manęs net neatpažins. O jeigu jai pasidarys blogiau? – aš sustoju vidury antro aukšto koridoriaus.

– Tu nebūsi dėl to kalta.

– Tai kas tada bus? Ir taip aišku, kad aš.

– Pagalvok, juk jei tavo mamai būtų pavojinga sveikatai matytis su artimaisiais, gydytojas ar kas ten toks nebūtų siuntęs to laiško. Negalvok apie blogiausia.

Kaip bus taip. Aš jau daug kartų taip sakiau, bet niekada taip šventai tuo netikėjau. Apmąstau savo padėtį ir suprantu, kad... aš ją myliu, aš jos pasiilgau, man baisu, bet noriu ją pamatyti. Tikrai. Stipriai suspaudžiu Gabrieliaus ranką. Prieiname 325 kabinetą ir sustojame.

– Man ten negalima, – sumurma jis.

– Nemanau.

– Aš žinau. Juk esu čia buvęs. Pašaliniai žmonės gydytojams nepatinka.

– Bet čia juk tik skyriaus vedėja.

– Tokios taisyklės.

– Gerai, – sutinku. Pažiūriu į jį ir jis man nusišypso, labai užtikrintai ir ramiai. Pasibeldžiu ir atidariusi duris pamatau prie stalo sėdinčią didelę moterį su akiniais ir tamsiais trumpais plaukais. Ji nustebusi pažiūri į mane. Aš pabandau nusišypsoti, bet, atrodo, išeina nekaip. Įeinu nesulaukusi leidimo.

– Taip? – ji klausiamai pakreipia galvą.

– Aš... – galvoju, ar gerai elgiuosi, būdama čia, ir tada prisimenu, kad man tas pats. – Aš čia dėl lankymo.

– Tu žinai, kad čia psichiatrijos ligoninė?

Linkteliu.

– Ką tu čia nori aplankyti? – nelabai maloniai klausia moteris, tie akiniai jai visai netinka.

– Mamą, – ir nuryju seilę.

Ji vėl kvailai palenkia galvą. Aš paduodu jai tą laišką. Ji perskaito.

– Gerai. Kiek tau metų?

– Keturiolika.

– Tu čia viena?

– A... ne visai, su... draugu, – netvirtai sakau.

– Nemanau, kad galime leisti vaikui be jokio suaugusiojo lankyti psichikos ligonį.

– O kas man iš to suaugusiojo?

– Tokios taisyklės.

– Bet laiške jūs nieko nerašėte. Aš juk nežinojau.

– Tiesiog pati nežinau...

Susinervinu labiau, nei galėjau įsivaizduoti, bet susilaikau ir nieko nesakau.

– Aš labai jūsų prašau.

Ji pažvelgia į mane.

– Kaip galite drausti dukrai pamatyti mamą? Aš jos nemačiau dvejus metus!

Ji dar kažką sumurma, tada paprašo papasakoti visą istoriją. Aš papasakoju, bet ne tik apie mamą. Pasakoju jai viską, ką ir jums. Pasakoju ir savo istoriją. Moteris atrodo susidomėjusi, klausosi prisimerkusi.

– Gerai.

– Galiu ją pamatyti? – atsargiai klausiu.

– Aš tuoj susitarsiu, – ir nusišypso man dirbtinių dantų šypsena. Man pasirodo, kad nuoširdžia.

Ji kažkam paskambina. Klausia, ar galima būtų pakviesti sanitarą, kad mane palydėtų pas pacientę Eleną šimtas dvidešimtoj palatoj. Tada palinkčioja ir sako „aha". Padeda ragelį ir sako, kad reikės palaukti kelias minutes.

Vėl jaučiu per garsiai ir per stipriai plakančią širdį ir virpančias rankas bei kojas. Pažiūriu į ranką su senu tvarsčiu ir suprantu, kad buvau ją pamiršusi ir visai jos nesaugojau. Įkvepiu, ir man šis kvapas nepatinka. Tai vaistų kvapas, susimaišęs su knygų kvapu. Čia yra trys didelės lentynos knygų, stalas apkrautas popieriais, ant jo stovi kompiuteris. Prie nedidelio lango, kampe, stovi daug vazonų gėlių. Virš moters galvos kabo visokie pažymėjimai ir panašiai, o kiek kairiau – keli reklaminiai vaistų plakatai. Kabinetas šviesus, bet nemalonus. Girdžiu, kaip atsidaro durys, ir matau įeinantį baltai apsirengusį seną vyrą. Jis pasisveikina. Man pamerkia akį. Dar kažką tyliai pasikalba su ta moterimi – jos net pavardės nežinau.

– Eime, – garsiai praneša sanitaras.

Išėjusi Gabrieliaus nematau. Mes pasukame į kairę ir pasiekę laiptus lipame jais. Tada pro duris, kurias senukas atrakina, atsiduriame lauke, ir aš jaučiu šaltą vėją, pučiantį man į veidą, ir tai man patinka.

– Tavo mama puiki.

– Jūs ją pažįstate?

– Žinoma.

– Ar… kaip ji laikosi?

– Geriau nei prieš metus, – nusišypso jis. – Ji pasakojo apie tave.

– Kaip? Ji jums pasakojo apie mane?

Nedrąsiai, nustebusi klausiu ir sustoju, nes vėl jaučiuosi sutrikusi.

– Taip. Ji kalba nedaug, bet kai kalba, tai tik gražiai. Ji labai rami. Mėgsta klausytis muzikos ir piešti.

– Ji gali klausytis muzikos?

– Žinoma. Kiekvieną dieną ji gauna magnetofoną į savo kambarį ir gali klausytis muzikos. Jai patinka džiazas. Nieko kito ji nesiklauso.

Taip, mano mama. Mes prieiname to paties pastato duris iš kitos pusės, vyriškis jas atrakina ir mandagiai praleidžia mane pirmą.

– Ji guli ne ypač sunkių ligonių skyriuj, bet vis tiek visko gali būti, net ir koridoriuose, todėl neišsigąsk, – jis sustoja ir atsisuka į mane. – Ar esi tikra, kad ištversi? Aš žinau, kad tai nelengva.

– Aš pabandysiu, – tvirtai pasakau.

Mes einame vienu koridoriumi su daug durų, tada kitu, kuriame durų mažiau, tada patenkame į trečiąjį. Jame girdisi triukšmas. Pro vienas duris girdisi verksmas, pro kitas dejonės. Mes prieiname paskutines duris koridoriuje.

– Štai čia, – linksmai praneša sanitaras ir paglosto man galvą. – Aš ateisiu po penkiolikos minučių pažiūrėt, ar viskas gerai. Nesijaudink, eik ten, pas savo mamą. Ji tavęs laukia. Jau seniai, – jis kalba labai maloniai ir man ramiau, bet kai tik jis nueina ir lieku čia viena, pasidaro daug baisiau, nei galėjau įsivaizduoti. Stoviu prieš duris, už kurių yra mano mama. Kojos ir rankos virpa, truputį krečia šaltis, širdis tuksena kaip plaktukas, trūksta oro. Viską pamirštu. Negalvoju.

Atidarau duris. Atidarau duris ir pamatau žmogų, angelą, savo mamą, kurios nemačiau dvejus metus, ir ašaros ima byrėti, ir man dėl to nesmagu, nes aš nenoriu jos sujaudinti ar išgąsdinti. Palata maža, bet labai jauki. Lova, nedidelė spinta ir mažytis staliukas. Ji guli nusisukusi į langą. Išgirdusi užsidarančias duris atsisuka. Taip, tai ji. Vėl matau ir atpažįstu tas rudas akis ir plonas lūpas, nedidelę nosį, plaukus. Sekundę nusisuku ir bandau šluostyti ašaras, nes nenoriu, kad ji mane tokią matytų. Lėtai ir nedrąsiai einu jos lovos link. Ji žiūri man į akis, bet nesuprantu, ar mane atpažįsta. Čia net kvepia ja. Visas kambarys prisigėręs jos kvapo. Tikrai. Prieinu prie lango ir žiūriu į ją. Negaliu atsistebėti. Negaliu patikėti, kad ji čia. Žiūriu dabar į ją ir nesugebu net pajudėti. Dieve, kodėl nesakei, kad matydama ją galiu jaustis tokia neapsakomai laiminga? Kodėl nepriminei, kaip labai aš ją myliu, ir nepasakei, kad jos ilgiuosi?

Ji guli prieš mane ir jos veidas keičiasi. Lyg akys pašviesėja. Atrodo, kad ji šypsosi man akimis, ne lūpomis. Ji atsisėda lovoje ir žiūri priešais save. Tada vėl pažvelgia į mane. Nesusilaikau. Pripuolu prie jos ir stipriai, kaip nieko dar nesu apkabinusi, prispaudžiu ją prie savęs. Aš ją jaučiu. Jaučiu visu savo kūnu. Verkiu. Iš džiaugsmo ir netikėtumo.

– Labai labai tavęs pasiilgau, – tyliai tyliai sušnibždu jai į ausį ir pajuntu, kaip ji paglosto man nugarą. Visiškai taip pat kaip anksčiau. Nenoriu jos paleisti. Ir nepaleidžiu. Laikau prie savęs brangiausią žmogų pasaulyje ir atrodo, kad tik dabar suprantu, kad nepaprastai ją myliu. Nesugebu pajudėti, o ji nenustoja glostyti. Kas gali būti nuostabiau? Niekas. Nieko nėra geriau už mamos kvapą ir jos kūną šalia.

– Aš labai tave myliu, mamyte, – balsas virpa. – Be galo, nepamiršk to.

Ji lėtai atsitraukia ir žiūri į mane.

– Tu, – šypsodamasi sako ji. – Norėjau tave pamatyti, – labai neaiškiai ir lėtai sako mano mama. Taip, *sako mano mama*. – Niekada tavęs nepamiršau, – taip pat sunkiai sudėlioja žodžius. Juos pasakė mano mama. Man pasidaro labai gėda, kai pagalvoju, kad ant jos pykau ir kaltinau dėl visko. Dabar man gėda, kad norėjau ją pamiršti. Norėjau pamiršti savo mamą, nes maniau, kad man taip bus lengviau. Norėjau ją lyginti su mirusia, ir man atrodė, kad niekada daugiau jos nematysiu. Kaip aš taip galėjau?

Dar kartą stipriai ją prisiglaudžiu.

– Atsiprašau, – pasakau, bet ji tyli. Nenoriu jos per daug varginti. Ji padeda galvą ant pagalvės ir aš glostau jos plaukus, o ji guli užsimerkusi. Pradedu jai pasakoti. Pradedu nuo to, kaip ją myliu ir kaip pasiilgau. Pasakoju apie Moniką, apie jos vaikelį, apie tai, kas vyksta pasaulyje, apie tai, kaip man sekasi. Pasakau, kaip man sunku ir baisu be jos. Sakau, kad kiekvieną dieną apie ją galvoju. Ji atsimerkia. Bando kažką pasakyti, bet jai nelabai išeina. Sakau jai viską, ką galvoju, ir jaučiu šią minutę ir sakau – esu dėkinga Dievui, kad dabar ją matau, ir net pati nustembu dėl tokių savo žodžių, bet suprantu, kad jis man parodė – bent akimirką gyvenimas gali būti gražus. Ji plačiai nusišypso. Tik taip, kaip ji moka, ir aš jaučiuosi stebuklingai. Šiuo metu atrodo, kad jaučiu visus teigiamus ir nepaprastus jausmus vienu metu už visus tuos dvejus metus, kai nejaučiau beveik nieko gero, nes sau pati neleidau. Glostau jos plaukus, liečiu rankas ir skruostus, pabučiuoju į kaktą. Duris atidaro tas pats senas vyras – jo vardas Veinas. Tai sužinojau perskaičiusi jo kortelę. Vardas lyg ir amerikietiškas ar angliškas, keista. Jis maloniai mums nusišypso ir priėjęs paglosto mamos skruostą, tada mano plaukus.

– Lankymo valandos baigėsi jau prieš dešimt minučių. Duodu tau dar penkias, – ir vėl plačiai nusišypso. – Kaip jauties, Elena? – klausia mano mamos.

Jos akys, atrodo, net kibirkščiuoja iš džiaugsmo. Žinoma, gali būti, kad tik man taip atrodo – dėl mano laimės. Jis išeina pasakęs, kad lauks už durų. Greitai jai pasakau apie Gabrielių, Kasparą ir Laurą, apie mūsų kelionę. Staiga ji išsigandusi pakelia galvą ir paliečia mano skruostą. Tiksliau, randą.

– Viskas gerai, – nuraminu ją. – Man neskauda.

Ji vėl deda galvą ant pagalvės ir padeda ranką man ant kelio ir jį paglosto. Vėl pasidaro nepaprastai graudu ir kartu gera. Negaliu į ją atsižiūrėti. Man baisu, kad, jei išeisiu, pasaka baigsis, ir daugiau jos nebematysiu. Dar kartelį ją apkabinu.

– Tu gražiausias žmogus pasaulyje, – glostau jos ranką. – Aš sugrįšiu pas tave, kai tik galėsiu. Taip, ateisiu ryt. Pažadu, – nusišypsau jai ir nusišluostau ašarą. Pamatau ant jos staliuko nosinėles ir randu tušinuką stalčiuje. Ant servetėlės parašau:

Galiu didžiuotis, turėdama tokią stebuklingą mamą kaip tu. Myliu tave ir mylėsiu amžinai. Nesvarbu, kur būsi. Severija. P. S. Ačiū tau, kad leidai pasijusti tokiai laimingai, kokia nebuvau ilgą laiką.

Atsisveikindama su Veinu sakau:
– Iki pasimatymo rytoj, – ir paspaudžiu jo didžiulę ranką. Jis man vėl mirkteli ir atsako taip pat.
Lipu laiptais, ir man atrodo, kad skrendu arba čiuožiu slidžiu paviršiumi. Man gera.

Nežinau, ką dar galiu jums pasakyti. Nežinau, ką jūs galvojate. Dabar jaučiuosi nepaprastai pavargusi, išsekusi ir laiminga. Gali būti, kad jums atrodo, jog viskas, ką dabar jums papasakojau, yra per daug netikroviška. Manau, kad jums taip atrodo, nes aš pati taip manau. Viskas neįtikėtina ir beprotiška. Bet toks jau tas gyvenimas, suprantate? Nenorėjau nieko nuo jūsų slėpti, todėl pasakojau viską. Nemelavau ir nemeluoju.
Atsiduriu pirmame ligoninės aukšte. Pagaliau įkvepiu naujo kvapo. Gera. Man baisu, nes, kaip jau sakiau, atrodo, kad viskas gali greitai pasibaigti. Taip pat gali būti, kad mano mamai pablogės arba kitą dieną ji nebus tokia kaip šiandien. Bet dabar ne laikas apie tai galvoti. Tikrai ne laikas. Dabar esu laiminga. Buvau pamiršusi, koks tai jaus-

mas. Jaučiuosi atsigavusi ir atsipalaidavusi, laisva ir lengva. Cha!

Niekur nematau Gabrieliaus. Išeinu į lauką ir ant suoliuko kiek toliau pamatau juos visus tris. Jie taip pat mane pamato ir ima mojuoti. Kasparas atsistoja ant suoliuko ir smarkiai mosikuoja rankomis, Laura juokiasi ir atrodo švytinti, o Gabrielius tiesiog sėdi ir žiūri. Prieinu ir nežinau, ką pasakyti. Tikrai. Net neįsivaizduoju. Laura juokdamasi mane apkabina ir sako:

– Šaunuolė.

Aš taip pat nusišypsau. Tiksliau sakant, išsišiepiu plačiausia šypsena, kokia tik gali būti. Vaikinai taip pat mane apkabina. Kai tai daro Gabrielius, jaučiuosi labai keistai. Atrodo, kad kažkas pilve... taip, kaip tam sapne seniau. Lyg pilve kas judėtų ar lyg... net nežinau. Nusišypsau jam, jis man.

– Žinot ką? – klausiu.

Visi sulaiko kvapą.

– Jaučiuosi laiminga kaip niekad. Tikrai, – pranešu labai išdidžiai ir garsiai. Pasidaro dar geriau. Laura juokiasi. Kasparas šiurkščiai, bet draugiškai paglosto galvą, o Gabrielius kaip visada tyli.

– Viskas buvo gerai? – pagaliau klausia jis.

– Taip, – šypsodamasi sakau. – Aš ją mačiau. Aš mačiau savo mamą, įsivaizduojat? Aš ją liečiau, – net tai sakydama sunkiai galiu patikėti, kad taip buvo.

– Tu tikrai drąsi, – taip pat linksmai sako Gabrielius.

Man labai patinka, kai jis šypsosi. Kai jie atsistoja eiti, aš atsisuku į tą pilką nemalonų pastatą ir dar kartelį mintyse atsisveikinu su mama. Nerealiausia visoje galaktikoje. Pagalvokit – kokia mama sugeba taip mylėti net būdama nesveika? Ji yra angelas, aš tai žinau. Žinot, ką padarysiu tik grįžus namo? Skaitysiu jos eilėraščius, klausydamasi jos mėgstamiausio džiazo, ir jausiuos tokia stebuklinga kaip ir tada, kai buvau su ja. Dar jaučiu ją prie savęs. Ką reikės sakyti Monikai? Ne esmė. Pasakysiu tiesą ir bus visiškai nesvarbu, kaip ji reaguos. Kasparas neša Laurą ant nugaros, jie kažką garsiai dainuoja. Aš su Gabrielium einam šalia. Nusišypsome vienas kitam.

– Aš juk sakiau…

– Taip taip taip, – nusijuokiu. – Ačiū. Tikrai. – Pažiūriu į mūsų kojas ir širdis vėl ima daužytis. Einame koja į koją. Cha. Kaip viskas kartais greitai keičiasi, ar ne? Jis apkabina mane per pečius. Vėjas kutena veidą. Ir širdyje jaučiu, ką reiškia mylėti. Taip pat džiaugtis ir žavėtis.

Ką tik supratau, kad jūs, matyt, dabar galvojate, kad aš manau, jog myliu Gabrielių. Chech. Ne. Jam skiriamas žodis – žaviuosi.

Tiesiog turėjau patikslinti. Uf... Dabar jau galiu eiti gyventi. Tą ir darau.

Kavtaradzė, Teklė

Ka663   Nespalvota : romanas / Teklė Kavtaradzė. – Vilnius : Tyto alba, 2006. – 195, [5] p.

ISBN 9986-16-496-6

Neįprastai jauno amžiaus autorės debiutinis romanas „Nespalvota" stebina brandumu: lakoniška, pustoniais pagrįsta stilistika, aiškia struktūra, anksti pasireiškusios individualybės įžvalgomis.

UDK 888.2-3

TEKLĖ KAVTARADZĖ

NESPALVOTA

Romanas

Viršelio dailininkė *Lina Bastienė*

SL 1686. 2006 06 22. 6,67 apsk. l. l. Užsakymas 605
Išleido „Tyto alba", J. Jasinskio g. 10, LT-01112 Vilnius, tel. 2497453, info@tytoalba.lt
Spausdino UAB „Vilniaus spauda", Viršuliškių skg. 80, LT-05131 Vilnius